最期の海

佐山啓郎
Sayama keiro

郁朋社

最期の海／目次

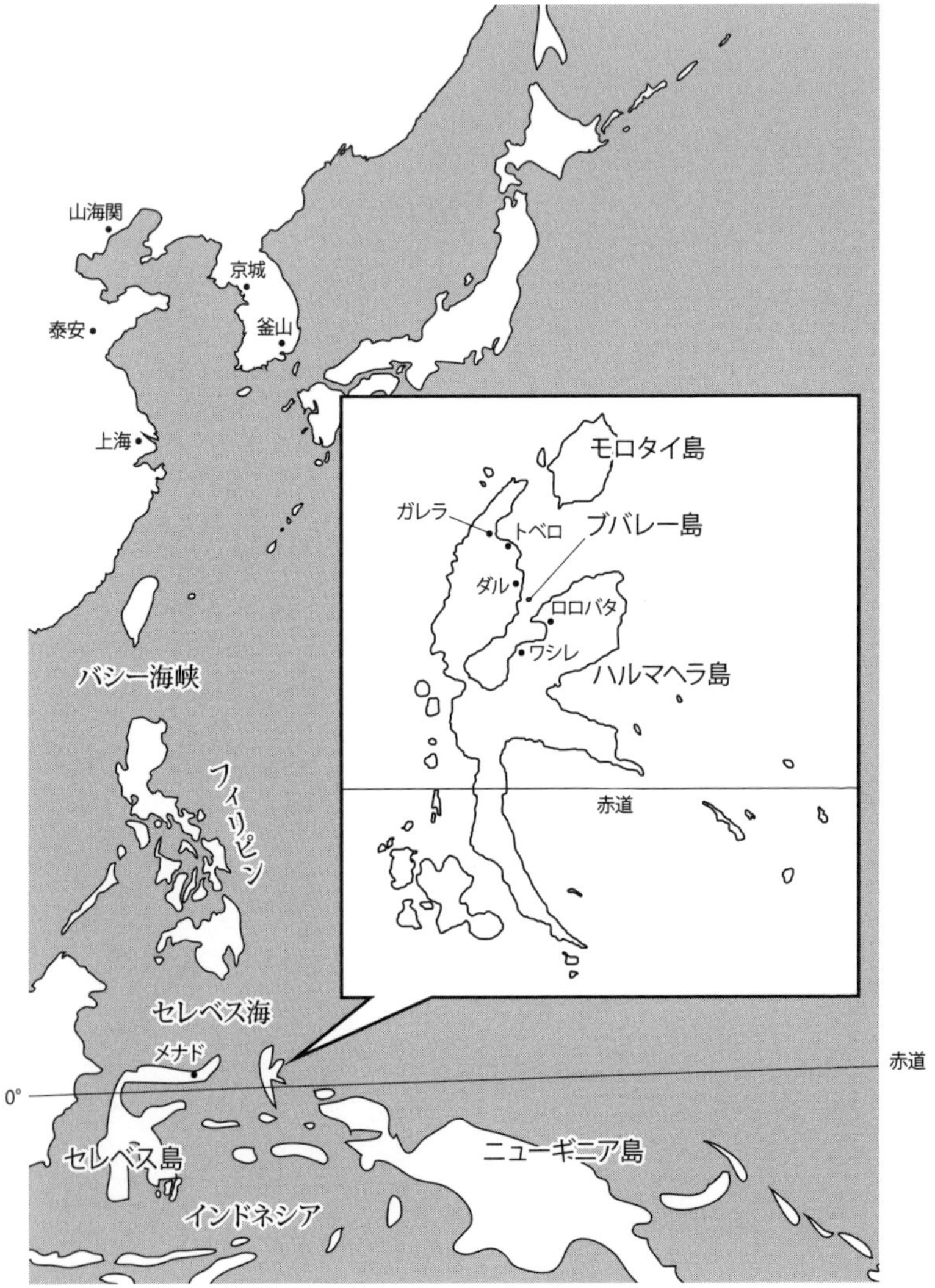
山海関
京城
泰安
釜山
上海
バシー海峡
フィリピン
セレベス海
メナド
0°
赤道
セレベス島
インドネシア
ニューギニア島
モロタイ島
ガレラ
トベロ
ブバレー島
ダル
ロロバタ
ワシレ
ハルマヘラ島
赤道

最期の海

〈序章〉南の海の果てに

見上げれば満天の星だ。

だが空と海の果ては茫漠として、ただ海の波の細やかな水音が限りなく繰り返され、遠く微かにこだまするのが聞こえているだけだ。

俺はただ一人、夜の暗い海に浮かんでいる。大空の無限の広がりと冷たく深い海。この壮大な静寂の中で、時間は止まったまま動かないかのようだ。

そう思うと、この俺の存在など限りなく小さなものに過ぎず、この南の果ての海に漂って消え去るだけのものなのだと思い切ることは、できそうな気がする。

俺のような若い男が、自分一個の命に拘って何の意味があろう。大いなる意志に任せて消え去るのみというなら、それこそ本望ではないか。そういう考えがたちまち俺を虜《とりこ》にしようとする。

しかし、人間が死ぬとはそんなに単純なことなのか。俺は、もはや死以外に自分の道はないことを受け入れようとしながら、少しでも心の安らぎを得ようとしているだけなのかもしれない。

俺は今、分厚な舟板の切れ端に身を任せて、なすこともなくこの海に漂っている。多分俺自身も乗っていた小舟が爆撃された後、舳先《へさき》に張られていた板が海に浮かんだのだろう。俺はその板の上に腹這いになって、気力を振り絞るようにして、周囲に目を凝らしている。目に見える限りの海の果てのどこかから救いの手が何か立ち現れるかのように、二つの目をしきりと四方に向け続けている。

疲れ果てた俺にできることは、板から突き出した手や足を動かして水を掻き、少しでも陸地の方向を目指して進むことだけだ。しかし茫漠として光を失った海の向こうに、はたして俺の目指す陸地があるのか、それさえ定かではないのだ。

助けを呼ぶ手だては何もない。俺はただこうして海に浮かび続け、俺自身の最期を待つ他はないのだろう。時間に任せて死に絶える無様さを晒《さら》すしかないのだろう。

そうと知りながらも、なおかつ俺は四方に目を凝らし、手足の先に神経を働かせずにはいられない。そうして漂い続けている。

静まりかえった暗い海と絶え間ない波音。

これが俺にとってのこの世の見納めなのか。強い眠気が襲ってくるのを感じたとき、俺はふと、そう思った。戦場で幾つもの死の危険をくぐり抜けてきた俺も、ここに至っては、ただ偶然の神の手でも待つ他にすべはないというのか——。

思い返せば、俺が最初に死にかけたのはバシー海峡の荒れた海だった。俺は一昼夜の間、たまたま流れ寄ってきた筏《いかだ》に掴まってその海に浮かび、漂った末に辛うじて味方の駆逐艦に助け上げられたのだった。そのときの海を思い出すと恐怖と絶望以外には何もない。

それに比べて今俺の浮かぶ海は、まことに静かな夜の海だ。だが俺の死は確実にやって来るに違いない。そう思うしかない闇に包まれた孤独な海なのだ。

俺にしてみれば、この辺りの海については、すでに熟知していると言ってもよいのだった。右手の向こうに黒く盛り上がった大きな島影は、モロタイ島である。前方に長く延びている陸地の連なりはハルマヘラ島だ。その手前にあるはずの小さなブバレー島は、夜の闇の中に埋没してはっきり見えないのが口惜しい限りだ。

ブバレー島にはあと一時間もすれば帰り着くはずだったのだが、今はもう、帰ることのできない遠くの島になってしまったかのように、闇の向こうに霞んでいるだけだ。はたしてあのブバレー島で、今、俺の仲間は、戦友たちは無事であろうか。

最前の敵機の急襲は思いの他正確で、俺と共にいた二人の戦友はその襲撃を受けてあっという間に海に沈んでしまった。夜とはいえ、広い海に浮かんだ手漕ぎの小舟を低空で来て狙い撃ちすることは、敵にとってさほど難しいことではなかったのだろう。俺たちは敵の鋭い攻撃により重要任務を果たせぬ結果となった。同じ攻撃がブバレー島にも向けられたとすれば、かなりの被害があったかもしれぬ。

そうでなくとも、すべてにおいて我が軍の戦況はますます絶望的と見る他はないのだ。とすれば、この俺が生きて帰る意味も、ほとんどないのではないか——。

俺の両目から熱いものが流れ出た。それは頬を流れ落ちて冷たい海の水に溶けて消えてしまうだけだ。戦う気力も何も失った俺はいっそう悲嘆の底に沈む他はない。

不意にどこからか、「そんなことでどうする」という声が聞こえた。日本男児の本懐はそんなものではない、最後まで身命を賭《と》して国のために戦い、潔く死を選べ——。

いや、こんな死に方でいいはずがないではないか。俺は思わずそう言い返してやる。こんな惨めで不本意な死を、この俺がどうして引き受けねばならぬのか——。

ああ、そうなのだ。国家によって与えられた運命に殉じるなどと言いながら、本来の俺自身は心から納得してはいなかったのだ。大体ここに至るまで国家の意志に忠実に従ってきた俺が、なぜ、この南の果ての暗い海で、誰にも認められずに死に絶えねばならないのか。これも国家の意志なのか。これが俺に与えられた運命だというのか——。

今この俺を支えているのは、放り出された海で辛うじて掴んだ分厚い板切れ一枚に過ぎない。それを手放しさえすれば、俺は簡単に海の底に沈んでしまうに違いない。そうすればすべての苦しみや迷いともおさらばできることは間違いない。

だがそこで俺は、力尽きて溺れて絶命しようとする自分のことを思わずにいられないのだ。これは誰にも伝えられることのない、俺だけの味わう最期のあがきであるだろう。俺に与えられる最後のものはそれしかないというのだろうか。

今や、俺に残された最後の力は、母を呼ぶ叫び声を上げることなのか。

応えるはずのない母に向かって叫ぶ声——。それによって死を引き寄せ、この最後の苦しみから逃れることしかないというのだろうか。

ああ、俺の二十年余りの人生とは、いったい何だったのだろう。少年時代から少しは人も褒める働きをし、若いながら名誉の味も知った俺だったが、そのような思い出も今となってはすべて虚しい限りだ。

最期は、こうして冷たく重い軍服に包まれてただ一人うち捨てられ、このような他国の果ての夜の暗い海の底に沈むしかない哀れな死であるとは、一体誰が想像したことだろう。

この無念さを、せめて、例えどんなにわずかでも、故国の人に伝えたい。故国で俺を待つ人にわかってもらいたいと思うのだ。

一　出征、そして中国戦線から南方へ

俺が軍隊に入ったのは十九歳の時、昭和十八年十二月のことだった。

我が日本軍のアメリカ真珠湾への急襲による開戦以来、二年が過ぎ、米英軍との戦いが激しさを増す中で、軍隊増強のために徴兵年齢を繰り下げることになったためだ。俺は通っていた青年学校の卒業が繰り上げとなり、二十歳にならぬうちに応召して戦地に行く

こととなった。俺の頭には開戦当初から報道された日本軍の華々しい戦果の記憶があり、日中戦争を経て太平洋に戦線拡大を謀る日本のために働くときが来たのだという、勇壮果敢な思いが先走るばかりで、同い年の仲間と何度も鬨《とき》の声を上げあったりした。

実際、青年学校では毎日のように教練に鍛えられていたし、体にも自信はあった。だが、徴兵が早まると聞いて、俺はひどく緊張したのを覚えている。軍隊に入って戦地に行くからには生きて帰る保証はない。そのぐらいのことはわかり切ったことなのだが、その運命が我が身に降りかかってきたことを思うと体が震えた。武者震いとはこのことかと俺は思ったものだ。

戦争が始まって以来二年経つうちに、一時的に盛り上がった戦勝気分も薄らいできて、日本にとって戦況は必ずしもはかばかしくないことも少しは知っていた。しかし俺は自分の中に漲《みなぎ》る若い力を信じることもできた。俺は体の震えや恐れを、国のために働くという喜びや強い意志に振り替えることができた。

ただ、親父のあとを継いで畳職人になると決めた矢先のことだったので、学校も卒業しないうちに軍隊にいってしまったら親父はどう思うかという心配があった。

だが六十間近となった親父は俺に向かい、

「うちのことは心配せずにしっかりお国のために働いてこい」

としか言わなかった。お袋がそのそばで何も言わずにうなずき、ひどく真剣な目をして俺を見つめていた。そのお袋の目つきは俺の胸に焼き付いて消えることがない。

そうして俺は、町会長以下近所中総出の盛大な見送りを受けて、指示された世田谷の集合場所に向かったのだ。体が大きくがっしりした体格で街の相撲大会で賞状を受けもした俺は、近所の人々の目にも、「お国のために」働く勇士として頼もしく見えたのに違いない。俺はだんだん晴れがましい気持ちにもなったのを覚えている。

俺たちが出征兵士として召集された場所は、世田谷にある軍の施設だった。そこを仮宿舎として、千人を超える出征兵士が一堂に集められて点呼と部隊編成の発表があった。全体が九つの「中隊」に分けられ、「第五中隊」のところで俺の名が呼ばれた。

「飯坂清司」

「はいっ」

俺は自分でも驚くほど大きな声ではっきり返事をした。その瞬間、前に居並んだ将校たちの視線が一斉に自分の方に向けられるのを感じた。

編成された中隊ごとの呼名《こめい》が終わったあとで、引率責任者である年輩の将校から「入隊の心構え」について話があった。

「諸君らは今日から軍隊に入ったのである。そのことについて十分覚悟を持ってもらいたい。軍隊では第一に戦いの技能を身につけねばならぬ。それは敵勢を打破し必滅することが目的である。そのためには普段から規律を厳正に守ることが必要だ。それが軍人精神であり、その行動を伝達するものは言語である。行動の誤りは言語の不明確さによって生ずることを忘れるな」

おおよそそのような話であったが、その話しぶりは命令口調ではなく諄《じゅん》々と説き示すようであり、俺は素直な気持ちで聞くことができた。

そしてその話の最後に、

「おまえたちの本隊は中支の泰安（タイアン）にある。全員泰安に向けて後日出発する予定だ。それまでこの宿舎で過ごし、各隊ごとに、しっかりと準備しておけ」

と告げられた。自分たちの行く先は中国戦線であることが初めてわかったのだ。

それから数日後、俺たち出征兵士は品川駅から列車に乗せられることになった。

世田谷の宿舎を出て品川駅まで、俺たちは列をなして歩いた。それを見送る沿道の人々の中には、出征兵士の親類縁者も多数駆けつけていた。世田谷の宿舎で短時間ながら両親との最後の別れをした俺は、親が品川まで来ないこともわかっていたから、ただ黙々と歩くばかりだった。

ところが、誰かが俺を呼ぶような声がして振り向くと、沿道の人々の中に俺の知る娘の顔があったのだ。それは俺の家の近所に住む娘で、俺の一つ下で気だてのよい子だったから「しず子、しず子」と呼び捨てにして、気楽な顔なじみでもあった。

そのしず子が、出征する俺をこんなところへ見送りに来るとは予想していなかった。誰かに言われて一緒に来ているのだろうか。しず子一人の考えとも思えなかった。

しず子は俺と目が合うとすぐに手をあげて振って見せ、それから沿道の人を掻き分けるようにしながら俺たちの隊列に合わせて歩き進んでいく。そのしず子がいつもに似ず大人びた感じにも見えたので、俺は目を見張る思いだった。

そのうちに交差点のところに来ると、しず子は不意に足を止め、俺に向かって一段と強く手を振った。俺も思わず振り上げた右手に力を込めた。

そしてそのまま、しず子は沿道の人々の中に隠れて顔が見えなくなった。

俺は諦めて隊列に従って進む他はなかった。品川駅が間近に迫っていた。

程なく列車で品川を発った俺たちは、翌日、九州の博多に着いた。

博多からは船に乗せられ、海を渡って朝鮮の釜山（フザン）に運ばれた。釜山からはまた列車になり、京城（ソウル）、山海関（シャンハイコワン）を経て三日目の昼頃に、ようやく中支の目的地に入った。

列車が泰安の駅に到着したとき、後方にいた別の列車がダイナマイトの攻撃を受けて大破したことが伝えられた。それは敵の誤爆によるもので、狙いは俺たち兵隊を運ぶ列車だったらしい。俺たちは九死に一生を得たようなもので、身の危険が常に身近に迫っていることを知り、初めて戦地に来た実感を持った。

俺は、小旗を振った見送りを受けて故国の町を出てから、すでに十日あまり経っていることを思った。こうして敵地中国大陸に深く入ったからには、もう家族や故郷への思いに浸っていることは許されないのだ。これから先は、兵士としての任務に生きる以外にないことを知り、身の引き締まるのを覚えた。

泰安は古くからある町のようだった。その町の中心から少し外れた広い台地に二階建ての、灰色の石で固められたような横長の大きな建物があり、そこに陸軍第三十二師団という、俺たちの本隊が置かれていた。俺はその建物を目にした時、ひどく薄気味の悪いような悪寒に襲われるのを感じた。だがそんな気分はすぐに振り捨てなければならなかった。

本隊に到着すると直ちに集合となった。そこで初年兵としての軍隊の所属が告げられ、俺は第三十二師団の「野砲兵」であり、第三十二聯隊第二大隊の第五中隊に所属することがわかった。そしてその日のうちに二年兵三年兵も含めた班分け、部屋割りがなされた。

泰安に着いた当日の夕食には白米の飯とビフテキが出た。それを見て自分たちが本隊に歓迎されているような気がして、長旅を共にした仲間たちと顔を見合わせて喜んだことが、今でも記憶に残っている。世田谷の仮宿舎以来、同じ麦飯でも軍隊のは白米の割合が多いと知って、それだけでさすが軍隊だと思っていたが、ここに来て白米飯の上に大きなビフテキまで付いてくるとはと、大口開けて頬張りながら皆の声も弾んだものだ。

その翌日に入隊式があり、張りつめた気分で練兵場に集合した千人余りの俺たち初年兵を前にして、師団長の訓辞があった。

「諸君、ご苦労である」

師団長はまずそう言って、整列した入隊初日の若い兵たちを見回した。

そんな言葉で迎えられるのは初めてだったので、その一言で俺たちは引き寄せられるように師団長の骨張った顔を仰ぎ見た。師団長は声を張り上げてさらにこう言った。

「大君の醜《しこ》の御楯《みたて》としてかくも立派に育て上げた、諸君のご両親に心からお礼申し上げる。顧みれば日支事変よりすでに六年有余、東洋の建設と世界の平和のために、この戦争は是が非でも遂行しなければならない戦いなのである」

聞く者は誰一人として微動だにせず師団長の言葉に集注した。

「昨年六月のミッドウェー沖海戦、本年一月のガダルカナルの状況を思うとき、敵はまさに断末魔の様相を呈して、総力を挙げての反撃に出ておる。このことを思い、我が軍の進むところ諸君はあらん限り勇敢に戦って、日本魂《やまと》の真価を発揮してもらいたい。ただそれを、衷心より諸君に頼む」

師団長は声を振り絞るようにして言い、眼光鋭く全体を見つめてから壇を下りた。

その簡潔で力強い言葉は俺たちの心を震わせ、全員を緊迫した雰囲気に包み込まずにはおかなかった。

国で何度も耳にした東条首相の演説は、国民を鼓舞するための大げさな言い方とも聞こえたが、ここに至って師団長の言葉を聞くと、否応なく一心を投げ打つ覚悟の必要を強く感じるばかりだった。

だが、その師団長の話は、初年兵としての過酷な軍隊生活の始まりを告げるものでもあったのだ。

翌日から六時起床、九時就寝、その間に組み込まれた軍事演習と厳しい日課をこなす日々の連続となった。軍事演習は練兵場で行われる日常的な訓練の他に、泰山《たいざん》山麓の地形を利用して敵陣殲《せん》滅を想定した大規模な演習もあった。俺たちにしてみればそういう軍事演習の厳しさや苦しさはもとより覚悟の上であったが、本当に耐え難いほど辛いのは、それ以外の毎日の軍隊生活にあったのだ。

初年兵は、四六時中先輩である二年兵とその上の三年兵の指導監督を受ける。入隊式のあった当初は無表情にさえ見えた二年兵三年兵が、二日目になると朝から張りつめた雰囲気を漲らせ、残忍とも冷徹とも見える目で初年兵を見るのだ。対する俺たちは、二日目からは部屋の掃除から先輩方の下着も含めた衣服の洗濯、その他身の回りの世話までやり、厩舎《きゅうしゃ》に行って馬の世話もしなければならない。少しでもやり方を間違えたり、先輩の兵の気に入らないことをすれば、その場ですぐに直立させられて拳で顔を殴られた。

初年兵は直接には二年兵の指導を受けることが多いから、いつも決まって二年兵に殴られる。その二年兵も三年兵の気に入らないことをすれば三年兵に殴られる。初年兵は常に殴られるだけの毎日である。そして例え傷を受けて血が吹き出ようとも、頬が腫れ上がろ

うとも歯が折れようとも、相手が殴るのを止めたときには、

「ご教訓有難うございました」

と直立して叫ばなければならない。

この、何かにつけて部下の者を殴りつけるのは、朝から夜まで、日常的な生活部分を含めていつでも起こり得る。それは軍隊の習慣だとしか言いようがない。要するに軍隊の中では、上に立つ者の命令が絶対なのだ。絶対服従を徹底させなければ軍隊は成り立たないと言ってもいい。それは私生活の埒《らち》外なのである。

だが殴られる方も、日が経つうちに勘所がわかるようになる。これは殴られるなと思うと足を踏ん張り身構えるのだ。殴られてよろけたりすれば「そんなことで敵と戦えるか」と怒鳴られてまた殴られるから、殴られても足を踏ん張って必死にこらえようとする。そうして相手の手が止むのを待つのである。

俺は両足を踏ん張り相手の拳を受けるや、相手の目をしっかり見つめることを覚えた。すると相手もいっそう本気になって殴ってくるが、俺が目を離さずこらえているとさらに二、三度殴ってから止め、「次からは気をつけろっ」などと息を弾ませて怒鳴りつける。俺はすぐさま「ご教訓有難うございました」と叫んで、急いで洗面所へ駆け込んで血のたまっ

た口をすすぎ顔を洗う。そんなことを繰り返していると殴られることに平気になり、まるで日常茶飯事のように慣れっこになってきた。

しかし殴る側にとっても、それを毎日のように繰り返すことは大変な労力である。だからといっていい加減な態度で部下の兵を虐待するようなことがあれば、当然、上官の指弾を受ける。だから労力を使わずに懲らしめる方法を編み出したりもする。例えば、罰として柱に抱きついて蝉《せみ》の鳴きまねをさせるというのがあって、何度もやり直しをさせた上で最後にまた殴る。自分を滅して全面服従することをしつけようとするのであれば、大抵の無理難題、暴力的仕打ちは黙認されるのが軍隊内部の常態なのだ。

特に初年兵に対するときの二年兵が厳しく、残忍でさえあった。二年兵が威張れる相手は初年兵しかいないから、無性に初年兵を殴りたくなることもあるらしい。普通に殴っているのでは満足できなくなるという、気違いじみたことも起こる。

対抗ビンタというのがあった。二人を向かい合って立たせ、殴り合いをさせるのである。初年兵同士だと相手に対する思いやりも生じるから思わず力を抜く。すると何度でもやり直しをさせられる。そして際限なく殴り合う羽目となり、大の男が歯を食いしばり泣きながら殴り合うという、見るに耐えない事態となる。そこでようやく、「もうやめっ」

と、対抗ビンタを命じた兵の止めが入ることになるのだった。

俺が泰安でこのような辛い初年兵生活を送ったのは、三ヶ月ほどのことだった。それは、いつ他の戦地へ出動する命令が来るかと、不安混じりに心待ちするような日々でもあった。

実際、それは泰安駐屯の我が三十二師団にしてみれば、日中戦争が思うように進まぬまま行き詰まり状態となっている中で、ときたま起こる突発的なゲリラ戦に戦々恐々としているのがせいぜいという日々であった。しばらくは大本営の指示待ち状態で、それは来る日も来る日もいらいらするほど怠惰な日々でもあったのだ。


俺たちが初年兵の訓練から脱して泰安の兵舎をあとにし、上海（シャンハイ）の港から南洋の島に向かったのは、昭和十九年の四月だった。俺は第二大隊第五中隊の一員として中国大陸を離れることになったのだ。

それは大本営の指示に基づく師団長の命令であったには違いないが、日本が行き詰まり状態の中国戦線を見放したということではなく、欧米列強の攻勢に対して、すでに占領した南洋諸島を守るために、中国大陸に集中していた軍隊を割《さ》いて派遣しようというわけだった。そう言うと聞こえはよいが、上官の様子などから、日本にとって全体的には戦況必ずしもよからずということを、下っ端の俺たちも薄々感じてはいた。

もちろん、そんなことはあからさまに口に出すこともないまま、俺たち兵隊は、欧米連合軍の「断末魔の反撃」を迎え撃ち「殲滅する戦い」に向けて出動するのだと、それ以外のことは何も考えずに、大隊長に従って勇んで泰安を出発し、半月ほどかけて上海に着いた。途中の宿営地で数日間留まって軍事演習を実施することもあり、大部隊の威勢を敵地に示しつつ進む旅程でもあった。

上海の兵舎に到着すると、その日の午後は将も兵もなく、ほとんど皆があっという間に街の中へ消えていった。俺たち初年兵は馬の世話をしなければならず、街に出てゆっくり遊ぶ時間はほとんどなかったが、そのとき目にした上海の街の光景は強く印象に残っている。

上海には日本人が多く、街を行く人は皆まっすぐに背筋を伸ばし、恐れも何もなく前を向いて歩いているように見えた。衣服をきちんと身に着けて堂々と歩く人間は美しい、と俺は思った。背広を着た男も格好いいが、特に若い女は生き生きとして美しかった。兵隊の姿が最高だと思い込んでいた俺には、街の人のすべてが新鮮で感動的だった。

だがその上海も、日本軍の支配を受けて片時の平安を保っているに過ぎないとすれば、俺たち軍隊のなすべきことは他にあるのだ。単純な俺がそのとき心に感じたのは、一種の使命感のようなものだった。

上海の兵舎は大きな建物で、俺たちはそこに寝泊まりすることになった。そして南洋の島に向かって輸送船に乗って出発する前に、乗艦する兵のための上陸訓練を、さらに一ヶ月かけて受けなければならなかった。それは俺たちにしてみればまったく予想外のきつい訓練であったのだが、陸軍といえども船に乗って島々の戦いに行くからには、特別の訓練が必要であることを思い知らされた。

大きな艦船から艀《はしけ》のような小さな船に飛び乗ったり、波の立つ中で船から船へ乗り移ったり、船から船へ荷物を運んで積んだり降ろしたりする。それらはどんなに危険であろうとも、戦いの中では短時間にやり遂げねばならない必須の行動であり、技能なのだ。事実、上海での訓練の最中に海中に落ちる者は数知れず、あるいは船と船に挟まれて瀕《ひん》死の重傷を負うなど実際の危険をも伴うので、本当に身の震えるような必死の訓練の連続だった。

その訓練を一通り終えると、一日の休みがあり、その翌日には、船に積み込む貨物を波止場の指定された場所に運ぶ運搬作業が始まった。それは大体において、人通りのない夜中に行われた。貨物は武器や弾薬の他に、乗員四千人余りの食糧や被服類もある。さらには二百頭ほどの馬もある。馬以外の荷物は、大きな荷車一台ごとに数人がかりとなって波止場まで運んだ。その作業がすっかり終わるまで、丸二日を要した。

その二日目の夜、荷物を積んだ荷車を五人がかりで引いて波止場に行くと、そこには大きな輸送船が横付けされていた。船首の方に「第一吉田丸」と記された白い大きな文字も見えた。

いよいよこの輸送船に乗せられて上海を出て、南洋の海を渡って戦地に行くことになるのだ。そう思ってくすんだ色の船体を眺めたまま、しばらくは皆無言になった。

「いよいよ、お迎えが来たということだな」

思わずそうつぶやいたのはリーダー格の三年兵だった。すると続けてそれぞれにつぶやく声がした。

「ああ堂々の輸送船、というわけだがな……」

「こんなでかい船に乗ったことはないよ。頼もしい姿じゃないか……」

「これが、乗り初めの乗り納めかもしれんぜ……」

誰彼なく口々に交わす言葉が、いつもの調子と少し違っていた。

俺たちは皆、軍律の厳しさに堪える男らしい気概を忘れたわけではない。命令に従う以外にはない身であることはわかっていても、戦場に行く不安は隠しきれないこともあるのだ。ましてや、戦局の行く末に不確かさを強く感じるばかりの昨今なのだから尚更だ。俺はそういうちょっとした会話の中に、二年兵も三年兵もない自然な交情が漏れ出ることを知った。

その翌日の朝、中隊ごとに一箇所に集められ、中隊長の若柴大尉から話があった。

「諸君、ご苦労であった」

みかん箱の上に立った若柴中隊長は、まずそう言った。師団長と同じ慰労の言葉だ。俺たちは一斉に中隊長の顔を見つめた。中隊長はさらに続けて、連隊司令官から「ご苦労だった」という伝言があったことを告げ、今日一日は皆ゆっくり休んでくれと言った。

それから中隊長は皆を見回し、

「諸君らが運んだ貨物は明日船内に運び込む。しかる後、明けて四月十日、諸君らは南方に向かって出発する」

と、全員に力を込めて告げた。その上で、

「諸君が南方へ向かって海を行くについては、護衛艦も付くことであるから心配はない。しかし戦争はますます苛烈になり、敵は今、断末魔のあがきを見せている。目的地への出発に当たっては万般の準備をし、千慮の一失もあってはならんのだ。その意味で、今から諸君に渡すものはその万全を期するためだ。必ず受け取ってしっかり肝に銘じるように」

そう言って中隊長が各班長に指示して全員に配布したのは、長さ二丈（約六メートル）の麻紐《ひも》と、幅一尺ほど(約三十センチ)で長さ六尺(約二メートル)の真っ赤な布であった。

「これは船が沈没したときの用心だ」

中隊長がそう言うと、一瞬しんとなって皆顔を上げた。

「諸君らには各自に救命胴着が渡っているから、それで海に浮いておることはできる。だが胴着も身に着けられないときがないとは言えない。敵の攻撃を受けて船が沈没すると、いろいろの破片などが海に浮かんでくる。麻紐はそれらに体を縛り付けて、長時間海に浮かぶためのものだ。味方の救出を待つ間に必要なのだ。また、海では鱶《ふか》に襲われることもある。それを防ぐために、海に飛び込んだら足首に赤の布を結わえ付けて長く靡《なび》かせておくことだ。このことを忘れてはならん」

一気にそれだけ話すと中隊長は一息ついた。そして皆を見回してから、改まった調子でまた話し始めた。

「これから諸君らの船が行くバシー海峡は、敵の潜水艦が横行しておる、軍の危険海域となっている。鱶も多い海だ。だが、敵のいかなる攻撃を受けた場合といえども、退船準備の命令のないうちに、勝手な準備をして慌ててはならぬ。一人でもそういう者がいると、人心動揺を来して思わぬ混乱を招くからである。船内のブザーが三回鳴ったら退船準備である。長く一回鳴ったら、船の沈没を告げる退船命令である。これをしっかり覚えておくように」

中隊長の両の目が全員を見据えて、強く念を押すようだった。

「船が沈没したときの心得も言っておく。海に飛び込んだならば船の進行とは逆方向に泳ぐことだ。船が沈むときには進行の余勢で沈みながらも船は前に進み、やがて海面に強烈な渦が起こる。その渦に巻き込まれぬように、少しでも速く逃げねばならん。そのためには、船の進行と逆方向に飛び込んで泳ぐことが必要なのだ」

そこで若柴中隊長は、力説するあまり思わず前屈みになった自分の姿勢に気付いたかのように、姿勢を正して話の結びを述べた。

「諸君は戦時応召としての入隊であり、一死報国の軍人精神はわかっているものと思う。

であるからして、これ以上のことは言わぬ。とにかく、これからもさらにさらに、不慮の難事は続くものと思わねばならん。何があろうとも、すべて勇敢に善処してもらいたい」

それで中隊長の話が終わり、俺たちは解散して部屋に戻った。

いつになく、部下への思いやりに満ちたような若柴中隊長の話だった。それだけ容赦のない戦場が間近に迫っていることを、俺たちは感じなければならなかった。

その日一日の休養日をどうやって過ごしたか、俺は何も覚えてはいない。ただ記憶にあるのは、どっと疲労感に襲われてひたすら夕飯を待ち続け、それが済むと早めに寝たことだ。他の者も皆似たような状態だった。

だが体を横にしてから、俺は何だか次第に目が冴えてきて眠れなくなったのを覚えている。ときどき他の者が囁《ささや》き交わす声を耳にしながらも、俺の頭には様々なことがしきりと浮かんできたのだ。

南方とはどんなところだろう。南洋の見も知らぬ島で野砲兵として戦う自分を想像してみたが、それはすぐに、敵の報復攻撃を受けて一瞬にして体が飛び散ってしまう想像に繋がった。南方の密林の中で肉も骨も砕け散ってしまう自分の最期は、しかしあり得ないことではないのだ。華々しい戦いぶりなど少しも思い浮かばず、俺は体を固くして、夜の闇に向かっていつまでも目を見開いたままだった。

そうしているうちに、俺の頭に浮かんだのは、やはり両親の姿だった。もう会えないのかもしれないと思い、不意に溢れ出た涙を俺は手で押しぬぐった。

気が付くと、いつもならとっくにいびきの音があちこちから聞こえてくるのに、その夜は妙にひっそりとしていた。皆同じような思いに沈んでいたのだろうか。

これからの俺にできることは何だろう。眠れぬままに俺はそんなことを考え始めた。

俺は野砲隊の兵だ。野砲兵として精一杯働き、手柄を上げることが俺のやるべきことだ。俺はそう考えてみた。すると、何となく、少しずつ自信が甦ってくるような気がした。

今の俺は野砲兵として戦うこと以外に何もない。ならば野砲兵として思う存分戦って、敵陣を崩し敵兵を倒し、敵に損害を与えることしかない。すべて軍の命令に従うべきであり、是非も善悪も考える必要はないのだ。ただ思い切ってやればよいのではないか。それが国のために働くということではないか。

俺はそう割り切ってやるしかないと心に決めた。するとようやく気分が落ち着いてくるのを感じた。

翌日は朝暗いうちから兵員総出で、武器弾薬や食糧その他の荷物を「吉田丸」の船倉に運び込んだ。船底の船倉には荷物以外に、二百頭の馬も素早く運び込まれた。

すべてが終わって夜になると、休憩と食事の後に深夜を待って、今度は俺たち兵隊が波止場に集合して順次船に乗り込んだ。一番多い歩兵から始めて次が俺たち野砲兵、続いて工兵、輜重《しちょう》兵、衛生兵と続き、総数四千六百人余の大部隊であった。

俺たちが入った部屋は上の階で、かつての客室とおぼしき四畳半ぐらいの部屋が七つ並んでいた。そして各部屋は三段階に仕切られていて、各段に二十八人、従って一部屋に八十四人が詰め込まれ、七部屋で合計五百八十八人が詰め込まれるのだった。各自雑嚢《のう》や水筒を置くと横になって寝ることもかなわず、立てた膝を抱えた姿勢で眠る他ない。頭がつかえて立ち上がることもできないままだから、常にそんな状態でいれば誰だって航海の不安が増してくる。

見回りに来た船員に向かって思わず口々に不満を言うと、船員はこともなげに言った。

「船が軍に徴用されているんで、我々にはどうにもなりません。そのうちに甲板に出られるようになりますから、代わる代わる出れば楽になると思いますがね」

俺たちは船の目的地も知らされていないから、そのこともつい口に出る。すると、

「目的地は我々もまったく知りませんが、南方なら三週間はかかるでしょう。でも心配はいりませんよ。この船の船長も機関長も経験者で、魚雷を避けるのもうまいもんです。だから安心してください。絶対やられませんから」

船員は自信ありげに言うばかりなのだ。それで俺たちもそんな不満に拘っているわけにはいかず、弱気を悟られたくもないから黙ってしまう。

だが不自由な姿勢のままであるせいもあってなかなか寝付かれず、そのうちにあちこちでまた不満が吹き出て、膝がぶつかったの手が邪魔だのと言い合い、とうとう口論や小競り合いも起こった。すると上に立つ三年兵がすごい声で怒鳴りつけ、いっぺんに静かになる。しばらくするといびきの音も聞こえたが、一方で小声の会話があちこちで始まった。その話題は故郷や家族への思いであり、投げやりな冗談がそれに応じて笑いが広がったりもした。それは共通の苦痛や運命を負った者同士の慰め合う声のようでもあった。

俺がうとうとしかけたとき、「半数ずつ入れ替わりで甲板に出てもよい」という伝達があった。俺は真っ先に希望して甲板に出た。手足を伸ばして眠りたいと言って部屋に残る者も相当数いたようだ。

甲板に出て見回すと、そこはもう外海だった。船は、夜のうちにとっくに上海の港を出ていたのだ。そういえば船の揺れを感じたことがあったが、あれは長江の河口から船が外海へ出たときだったのだと理解できた。

未明ではあっても、晴れた空の下で海は明るかった。俺はその広大な海に見とれて甲板に立ち尽くした。そしてはるか彼方でその海に接する故国日本を思い、故郷の風景を瞼《まぶた》に浮かべた。激しい孤独感に襲われかけたが、負けずに振り切って目を上げた。

気がつくと、船の左右に付いている駆逐艦がはっきり見え、後方に目をやれば、吉田丸と同型の輸送船が、はるか彼方の霞んだ影まで数えれば八艘《そう》も続いているのだった。今こそ、何万という日本軍がこの大きな海を渡りつつあるのだ。その、ひた走る船団が浮かぶ青い海原の光景は、俺の見たこともないすばらしい眺めだった。

「ああ堂々の輸送船」と思わず歌も口に出る。俺は胸に湧き起こる勇壮な気分に浸りながら、大船団の進む大海原の光景をいつまでも眺めていた。

二　バシー海峡の敵襲

数日過ぎて、我が船団はいよいよバシー海峡に突き進んでいった。台湾の影を左に見ながら南シナ海を目指す。敵襲を覚悟していなければならない危険海域の真っ直中だ。

船中で最も重要な任務は対潜監視の当番だった。中隊ごとに監視担当の箇所が決められ、当番は二人ずつ一時間交替で行った。監視に立つときには銃をきちんと所持し、帯剣を身に着けていなければならない。

海に潜水艦が現れれば、その潜望鏡が波を切って走るのが海面に白く見える。機雷が船に向かって走ってくれば、そのスクリューの水を切る航跡が白く泡だって水面に出る。海原を見つめていち早くそれらを発見しなければならず、わずかの油断も許されない。それが対潜監視の任務だった。

天気は快晴続きで、まだ四月下旬とはいえ毎日夏の暑さを感じた。

そんなある日の午後、俺が対潜監視の当番に出たときに、猛烈なスコールがあった。乗船してから二週間経っていたが、これほどのすさまじい雨粒は初めてだった。

するとあっという間に、手の空いていた者が次々と甲板に繰り出してきて体を洗い出した。千人二千人という男たちが、雨の止まぬうちにと喜び勇んで入れ替わり立ち替わり、広い甲板で素っ裸になって体を洗う様は、さながら狂人たちの乱舞とも見えた。

俺は監視当番に立っていて、海に向かい視角三十度の海面から目を離せぬまま、スコールにはただ軍服ごと濡れるに任せていたが、甲板の有様はわかっていた。時折ちらちらと目の端でその狂喜乱舞の様を見るにつけ、どうにも羨ましくて我慢ならないほどだった。

スコールが止んで後、ようやく当番を終えた俺は元の船室に戻ったが、そこは窮屈な上に暑くて寝る気にもなれない。この船内の状況では、体を休めるのはどこでも好きな場所を探して寝ればよいらしい。周囲がそういう雰囲気になっているのを知って、俺は必要な荷物を抱えると、また甲板に出た。もうすっかり夜の時刻になっていたが、月は見えなくとも海は不思議な明るさを保っていた。

甲板に出ている者は多く、混み合っていて、自分の場所を探すのも簡単ではなかった。俺は、飲料用の水が入った大きな水槽の脇に空いた場所を見つけて、とりあえず座り込んでみた。すぐ脇に船の手摺りがあり、そこから首を出せば真下は海だ。

甲板は昼間の暑熱のせいで温かく、しかも湿っていた。そこに座っているだけでも蒸されるようで、寝られる感じではなかったが、他にどうしようもない。

危険海域通過中であるから、鉄兜《かぶと》に銃と剣、防毒面、それに救命胴着、水筒、そして防水袋に入った乾パン一日分を所持していなければならない。だが船中のどこにいても熱いから、それらをきちんと身に着けている者はほとんどいなかった。

俺はそれらの所持品を確認した上で、銃や剣などは脇に置き、上半身は裸のままで、救命胴着を軍服の上着に巻いてそれを枕にして横になり、空を見た。無数の星が俺に向かって降るようだった。じっとしているだけでも汗が染み出たが、疲れ切った俺はそのまま目を閉じた。

不意に、船尾の左舷《げん》で異様な音がした。寝ていた俺は、ずしんという強烈な震動を体に感じて目を覚ました。船の揺れ方が普段と違う。

たちまち甲板の上は大騒ぎとなった。口々に叫ぶ声で敵の魚雷が命中したのだとわかった。俺は本能的に腕の夜光時計を見た。三時四十分を指していた。

悲鳴のような声が渦巻き、少しでも逃げようとしてごった返す人の中で、俺はほとんど裸のままだった。すぐにも救命胴着や非常食を身に着けなければならない。そこで俺が目を付けたのは、傍にある大きな水槽の蓋《ふた》の上だった。高さは背丈ほどあるが、その蓋の上に上がれば何とかなりそうだと思った。

俺は自分の荷物をまとめて蓋の上に放り上げると、水槽の縁に掴まり船の手摺りに足を掛けて、水槽の上に跳び上がった。蓋の上の広さは十分あった。そこですぐさま上着を着て救命胴着を身に着け、帯剣等の所持品を腰の革帯に取り付けた。

そのとき、船全体を震わせる音がして魚雷の第二弾が命中した。海水が高く突き上がり、夕立のように甲板に降りかかってきた。

退船準備の命令もなくブザーも鳴らなかったが、船が大きく傾きでもすれば否応なく水槽の上から放り出される。俺はもはや迷ってはいなかった。水槽の上に立てば海は真下にある。大きくジャンプすれば飛び込めるだろうと思った。鉄兜と空のままの水筒はかえって邪魔なので、取りはずしてそのまま置き捨てにした。銃を持つ余裕はなく、帯剣は取り外す暇がなかった。

俺の頭には、船の進行方向と逆の方向に向かって泳げ、と言った中隊長の声が浮かんでいた。俺は一気に立ち上がるや、両手を揃えて大きく足を蹴り、真下の海面に向かって一直線に跳び込んだ。その瞬間、ブザーの音が聞こえたようだった。

海面を突き抜けた俺は海の底に向かって深く沈んでいった。助からないかもしれない。もう駄目だと思ったら、親や弟妹の顔が次々と頭に浮かんだ。

そうして気が付いたら海面に浮かび上がっていた。思わず息を吸った。上の方に空があるはずだと思ったが星も何も見えず、見回してもあたりは真っ暗だった。

だが海面が動き、異様な臭いがして、すぐ近くにある大きな船の黒い影がわかった。その船の向こう側に大きくあがる火の手も見えた。

間もなく船は沈没するのだ。その沈没の渦に巻き込まれたら助からないだろう。俺は船の影を確かめて方向を見定め、夢中になって泳いだ。

かなり泳いだところで振り返ってみると、船は燃え続けていて、その回りの海面に何箇所も炎が広がっていた。海が燃えている。そう思って思わず見つめた。船のタンクが破壊されて海面に重油が流れ出し、燃え広がっているのに違いない。そう気が付いた俺は、船のある位置からできるだけ遠くへ行くようにと、また懸命になって泳いだ。

何かが爆発したような大きな音が続き、見ると、赤く燃え上がる炎の中に、巨大な船体の真っ二つに割れた姿があった。と見る間に、船首と船尾が突き立って、音を立てながら海中に沈んでいく。そのあたりの海が渦を巻いて、轟《ごう》音と共に激しく引き込まれていく船体が見えた。輸送船「吉田丸」の最期だった。

俺は何とはなしに悲しみに襲われた。ひどく疲れを感じて仰向けになり、救命胴着に身を任せて浮かんでいた。ともかく、俺が沈没の際の渦に巻き込まれぬあたりまで離れていたのは、幸いだったというべきだろう。

海に広がった炎はいつまでもあちこちで燃え上がっていたが、やがて収まっていくようだった。その暗くなってきた海に、なにやら黒い物体が浮かんでいて、近づいてからよく見ると、それは大きな空のドラム缶だった。沈没したときのために野戦砲に括り付けてあったものに違いない。俺は「しめた」とばかりにそれに近寄り、引き寄せて、持っていた長い麻紐でドラム缶と体をしっかりと結び付けた。

救命胴着を着けてこうしてドラム缶に結び付けていれば安心だ。非常食の乾パンも一食分、革帯に結び付けてある。そう思った瞬間、バシー海峡は鱶のいる海であることを思い出した。俺はすぐに革帯の後ろに取り付けてあった赤い布を出して、その先を足首に結わえ付けて長く漂わせるようにした。これがどれほど役立つのかは不明だったが。

少しずつ落ち着きを取り戻した俺は、誰か仲間がいないかと周囲の海上を見回した。暗い海には遠く近く様々なものが浮かび、流れているようだった。人の形のようでもあり、違うもののようでもあり、いくら透かして見てもはっきりしなかった。俺は次第に体を動かす気力も失せて、ドラム缶に体を寄せ波に任せて浮いていた。

そのうちに、何かしら、声が聞こえてきた。それは次第に一つになり、男たちの歌う声であることがわかった。

思わず耳を澄ますと、それは「海ゆかば」であった。吉田丸が沈没して跡形もなく消え去ったあと、暗い海に浮かんで漂う男たちの低い声で、「海ゆかば」の歌声が広がってきたのだった。

うみゆかば　みづくかばね
やまゆかば　くさむすかばね
おおきみの　へにこそしなめ
かえりみはせじ

日本軍兵士としての最期に悲壮美を込め、死なば諸共にと連帯感を確かめ合おうとする合唱になったのだ。俺も、腹の底から声を絞り出すようにして歌に加わった。

繰り返して合唱が続いていたとき、不意に、「歌うのは止めろ」と叫ぶ声があった。

「歌うのは止めろっ。疲れるだけだぞっ。もう止めろっ」

誰か古兵の声だ、と俺は思ったが、歌声はなかなか止まなかった。

そのうちに、地鳴りのように響き続ける波音の中で、歌声は次第に消えていった。

一体、味方の救助船は来るのだろうか。いつまで待ってもこの海のどこにもそんな気配はない。とすれば、俺たちはこうして海に漂ったまま、最期は敵の掃討射撃にあって皆殺しになるか、さもなければ力尽きて次々に海に飲まれ、あるいは鱶の餌食《えじき》になってしまうのか。時が経つにつれて俺たちを襲うのは、そういう恐怖だった。

どのくらい時間が経ったのかわからなかった。やがて、白々と夜が明けてきた。

海には、波に打たれながら様々なものが漂いつつ流れていた。船倉の間仕切りになっていた板や角材、ドアの破片、その他数え切れないほどの物が浮かんでいた。それらもやがて水を含んで沈んでいくのだろう。

中には、木材らしきものに懸命に掴まっている人の姿もあった。帆柱のような大きな柱に二人が掴まり流れていくうちに、不意に一人が消え、さらにもう一人も海の中に消えてしまうのも、俺は見た。波に揺られながら一本の柱に掴まっているのも大変な労力なのだ。俺は思わずドラム缶に結わえ付けた麻紐を確かめた。

缶詰が幾つも流れてきた。一つ手に取ってみたが、缶切りがないと気付き、荷物になるだけなので水中に捨てた。体の負担になるものはできるだけ少ない方がよい。食糧は重要だが、腰の革帯に括り付けた防水袋の中の乾パン一食分だけだ。まったく絶望的な状態にある俺だが、とりあえずその乾パンが、俺の気持ちを落ち着かせる役にも立っているのは確かだった。

俺はそのまま呆然として漂い、仰向いたまま気を失い掛けていたらしい。ドラム缶に何かが当たり、体が海中に強く押し込まれるのを感じて我に返った。俺はもがきながら浮き上がって、見ると、角張った大きな物体がのしかかってきていた。それに思わず手を掛け、よく見ると、それは救命筏《いかだ》だった。船に備え付けてあったものが海中に落ちて流れてきたのだ。太い柱を組んで厚い板が両面に張り付けてある、二メートル四方ぐらいの頑丈な筏だ。波に押されて流れてきたとはいえ、この筏に頭を直撃されたら一溜《ひとた》まりもなかったろう。ドラム缶で助かったようなものだった。

それにしても、この筏はまさに救いの手であった。俺はすぐに体に巻いてある麻紐を解き、ドラム缶を突き放した。そして必死の思いで右手を伸ばして筏を捕まえた。

しかし海に浮かんだ筏の上にはい上がるのは容易なことではない。ここで、上海で訓練を受けたときの知識や技が役に立ったのだ。

筏の周囲には何箇所にも渡って麻縄が取り付けてある。俺は波の来る側に回って片手でその麻縄をしっかり掴み、波に合わせて飛び上がって筏の上に乗ろうとした。だがうまく波がつかめず、筏に掛けた手が滑ったりして三回ぐらい失敗したが、焦ることはないと自分に言い聞かせた。腰に括り付けた帯剣がどうしても邪魔になると気付き、俺はそれをはずして海中に放した。そうしてようやく、俺は筏の上に飛び乗ることができた。

俺はほっとして筏の上に座り込んだ。水に濡れた筏の上は滑りやすいので、俺は筏に付いた麻縄を左右の手に一本ずつしっかり握った。波のうねるのに任せながら筏に乗っているのは、それだけでかなりの体力を消耗する。そのうちに空腹を感じてきたが、これからどうなるかわからないと思うと、落ち着いて物を食う気になれなかった。

水を掻く音がして、いつの間にか男が一人流れ寄ってきていた。筏に乗せてほしいと言うのだ。「滝沢上等兵」と名を名乗ったので、顔に覚えはなかったが、俺は片手を伸ばして引き上げてやった。男は短く礼を言った。俺もただうなずいただけで、あとは互いに口を利くこともなく、麻縄を握りしめたまま波に動く海面を見つめ続けていた。互いの心にあるのは、この先どうなるかという不安と恐怖だけだった。

しばらくして、また一人流れ寄ってきて「助けてくれ」と言う。筏にはまだ十分余裕があるので、滝沢と二人で手を差し伸べてやろうとした。だがその男は「腕が動かない」と言う。何かにぶつかった衝撃で脱臼か骨折でもしているらしい。麻縄から手を離すわけにもいかず、海に飛び込んで助ける余裕もない俺たちには、どうすることもできなかった。男は微かな笑いを浮かべたまま俺たちを見ていたが、次の波が来るとあっけなく海に飲まれていった。

他にも、何かに掴まりながら浮かんでいる者はあちこちに見えたが、波に任せているだけではなかなか筏にも近寄れない。板きれに掴まって五十メートルほどのところまで近づいた男が、意を決したように板きれを離して筏に向かって泳ぎ始めた。こちらは二人で麻縄に掴まりながら懸命に手を伸ばして助け上げてやろうとしたが、男は筏に取りついたところで力尽きて水中に沈んでいった。

すっかり明るくなった空の下でよく見ると、流れてきた何かに掴まって海面に浮かんでいる日本兵の姿はあちこちに見え、意外なほどその数は多かった。だが互いにそれとわかっていても、疲れ切っていて近寄ることもできないままだ。

そのとき、「敵の潜水艦が浮かんだぞー」と叫ぶ声がした。「あそこだっ。あれは確かにそうだっ」と、別の誰かが叫んだ。皆、それらしい方向を探して目を凝らした。

もし日本の潜水艦なら、潜望鏡を海面に出して様子を見て、救助の必要を判断しようとするだろう。皆その期待を込めて潜水艦の様子を見ようとしたのだ。

「あれは違うぞ、気をつけろっ」

「そうだ、敵だっ。生き残りの掃討に来やがったんだっ」

口々にそう叫ぶ者たちがいた。すると誰かがことさら声を振り絞ってこう叫んだのだ。

「敵に救われるより、腹を切れっ」

その声に応じるように、俺の目にもよく見えるところで、何かにまたがって浮いていた男が急に突っ伏したと思ったら、木材の破片のようなものを残して海中に消えた。他にも、遠くに見えていた筏の上で二人の男が向かい合い、帯剣で差し違えたところを波にさらわれて見えなくなった。そうやって多くの者がその海で命を絶ったようだ。

俺はそのとき、相方の滝沢上等兵と顔を見合わせた。滝沢の目は諦めたようにも見えたが決して死ぬことを望んでいないことを、俺はすぐに悟った。俺たちは互いに小さくうなずき合っただけで、それ以上のことは何もしなかった。

俺の頭には、出征を祝ってくれたときの青年学校の先生の顔が浮かんでいた。「国のために精一杯働いて、必ず生きて帰ってこいよ」と言った、その先生の声を忘れてはいなかった。死ぬならいつでも死ねる、生き抜いて働くことを考えるんだ。俺は自分にそう言い聞かせた。

もう一つ、夜が明けた。幸いなことに海は静かだった。

滝沢は軍服に救命胴着と帯剣を着けていたが、鉄兜や銃はもちろん非常食も失っていた。俺は銃も帯剣も捨てたが、非常食の乾パンは保持していた。これ以上空腹のままではいられないと思い、俺は滝沢にも乾パンを分けてやり、当座の空腹を辛うじて凌いだ。筏の上に腰を下ろし、二人して少し安らいだ気分にもなった。

滝沢上等兵は俺より大分年上のようで、第三中隊所属の三年兵であり、千葉の出身であった。第五中隊で初年兵の俺はまだ年も若く、二等兵にすぎない。命からがら乗り合わせた筏の上で、互いに自己紹介のようなことを切れ切れに言い交わしたが、滝沢には少しも威圧するような態度がなかった。兵舎の中で初年兵いじめに躍起となっているような古兵の顔とは、似ても似つかぬ静かな顔をしていた。

次第に暑くなってきたので二人とも軍服のボタンをはずして、少しでも海風に当たろうとした。そのとき滝沢のはだけた胸の辺りに、認識票を取り付けた白い紐が見えた。

それを見た俺は、自ずと口に出さずにいられないことがあった。

軍隊に入って戦地に向かうときに与えられる認識票は真鍮《しんちゆう》でできていて、本人確認のために必要なものなので肌身離さず身に着けていなければならない。ところが、俺にはその認識票がないのだった。

東京で召集されたとき、初年兵として入隊した者は皆、確かに小判型の真鍮版を一枚ずつ渡された。しかしそれに刻まれたのは氏名だけで、所属する部隊の番号も本人氏名照合の番号も打ってなかったのである。その数字を打ち込むというので上海で真鍮板をすべて回収されたが、それが戻らぬままで吉田丸は港を出てしまったのだ。だから俺たち第五中隊所属の初年兵は、吉田丸沈没のとき、皆この認識票がなかったのだ。

「回収した認識票は必ず諸君らの手に戻す。安心していてもらいたい」

回収するときそう言った、あの若柴中隊長が嘘を言ったとは思えない。にもかかわらず、認識票が戻ってこなかったのはどういうわけか――。

軍隊派遣の記録と兵員名簿が連隊本部に残っているから問題はないと聞きもしたが、認識票がなければ、実際に誰がどこでどうなったかもわからぬまま、生死不明とされてしまうのではないか。そうなれば親兄弟に何も伝わらず、靖国神社の合祀《ごうし》もないのではないか。

そういう不安は、いつも俺の胸に去来していたのだ。

俺の話を聞いた滝沢は、ひどく驚いた様子で俺の顔を見ていたが、ただ小さくうなずいただけで何も言わずに俯いていた。

俺も、最期の運命を共にするだけかもしれない滝沢に、それ以上何か言ってもらいたいわけでもなかった。ただ聞いてもらうだけで胸の支えが少し消えたような気分だった。

日が高く昇ると、筏の上にいるだけでひどく暑かった。どうにか堪え通して日が傾くころ、はるか彼方に駆逐艦らしいもの二隻が見えた。その後ろに小艦艇も一隻続いているようだった。速力を上げて見る見るこちらへ近づいてくる。

先頭の艦の掲げる海軍旗によって、日本の艦であることがはっきりわかった。

「おーっ、日本の船だぞーっ」

「助けが来たぞーっ」

そういう歓喜の叫びがあちこちから上がった。思わず涙が溢れ、激しく身の震えるような一瞬だった。

　すると、様々なものにしがみついて懸命に助けを待っていた者たちの中に、急に力を失ったかのようにがくんとなって海中に落ちて沈んでしまう者が、何人もいるのを俺は見た。だがそのときの俺は、間近にそういう様を目にしながら同情する余裕も何もなく、ただ助けの船が自分に近づくのを待ちこがれるばかりだったのだ。

　吉田丸沈没の場所へ到着した駆逐艦二隻とそれに続く掃海艇二隻は、速度を落として俺たちの方へゆっくりと近づいてきた。そして四隻が手分けして回り、海に浮かんだ兵士の近くに来るとすぐ縄ばしごを下ろすから、兵士はそれを掴んで自力で船の甲板まで上がらなければならない。

　力尽きた者がその縄ばしごの途中で海に落ちる。すると甲板にいた水兵がすぐに降りてきて海に飛び込み、落ちた者を縄に縛り付けて上に向かって合図をする。甲板にいた別の水兵たちが急いで縄を引っ張り上げて助け入れる。そんな光景があちこちで続いた。

　筏の上にいたために救助を後回しにされた俺は、固唾《かたず》を呑む思いでそれらの光景を見つめるばかりだった。掴まった縄ばしごから落ちて命を失った者もいたし、船の上に引き上げられてから死んだ者もかなりいたのだ。

俺は近くに来た駆逐艦から縄ばしごが投げられると、すぐにそれを掴んで足を掛けて上ろうとした。軍靴はとうに捨てたから裸足だ。だが意外なほど手に握力がなく、足の感覚も鈍かった。俺はただ必死に縄ばしごを頼って上り、船の上に来ると甲板に音を立てて倒れ込んだ。そのまましばらくの間動けなかった。次に滝沢が縄ばしごを上ってきて、荒い息遣いで甲板に降り立つのを俺は見た。彼の方が体はしっかりしていたようだ。

「立てっ。立って名を名乗れっ」

そばに来た水兵からいきなりそう声を掛けられて、俺はふらつく体を懸命にこらえて立ち上がり、相手を見た。やや年上と思われる水兵だった。

「第五中隊、二等兵、飯坂清司であります」

俺はそれだけ名乗るのが精一杯だった。水兵はじっと俺の目を見つめて言った。

「よしっ。しっかり休んでくれ」

水兵の言い方に思いやりを感じた。俺は不意に流れそうになった涙を懸命にこらえた。別の水兵がコップ一杯の水を寄越した。俺はむしゃぶりつくようにそれを飲むと、そのままそこに座り込んで大きく息をした。まさに少しずつ生き返る心地だった。

甲板に引き上げられてから「立て」と言われて立ち上がれない者、「名乗れ」と言われて名乗れない者もいた。すると水兵から「なんだ、そのざまはっ」などと怒鳴りつけられたり、中には殴られる者もいた。助けられ気が緩むと、そのまま死んでしまう者もいるので、それを防ぎ、気力を奮い立たせるための処置だった。

船の上で死んだことが確認された者は、体に着けた真鍮《ちゅう》の「認識票」をはずされてから海に投げ込まれる。どぼーんという不気味な音を立てて沈み、遺骸はそのまま浮き上がってはこない。

俺は、先ほどの水兵が近くを通りかかったとき、思わず進み出てこう言った。

「自分には認識票がありません。上海で回収されたままです。大丈夫でしょうか」

その水兵はきっとなって俺を見ると、

「わかった、心配するな」

そう言って俺の肩に右手で軽く触れてから、ゆっくりと立ち去った。

俺は、そのままそこへ倒れてしまいそうな自分を辛うじて保ち、数歩先の元の場所へ戻ってから力が抜けたように座り込んだ。

四隻の艦艇はしばらくの間その辺りを巡回して海上の捜索を念入りに行い、やがて、全速力でその場を離れた。俺を助け上げたのはその中の一隻、「朝風」という駆逐艦だった。

その名を、俺は決して忘れることはないだろう。

俺たち第五中隊の野砲兵百二十人のうちバシー海峡の敵襲後、生き残った者はたったの七人であった。あの若柴中隊長も死んだという。初年兵いじめに明け暮れた二年兵や三年兵も、そのほとんどが海に沈んでしまったらしい。初年兵で生き残ったのは、どうやら俺一人なのだった。

多くの仲間たちの命を呑み込んだ異国の海を、俺はいつまでも見つめた。吉田丸に続いてバシー海峡を渡ろうとした何隻もの輸送船は、どこに消えてしまったのか。

青空の下で白波だった海原は果てしなく広がり、何事もなかったかのようだった。

三　インドネシアの島々

翌日の午後、駆逐艦「朝風」は他の三隻と共に、フィリピンのマニラ港に着いた。

そこには戦艦「武蔵」が停泊していた。その姿を見ると近くにいた駆逐艦や巡洋艦が小さく見えるほどで、その巨大さに驚かされた。世界に誇る戦艦の勇姿を目にして、俺は急に心強くなった。

だが港に着いても、俺たちは上陸を許されなかった。吉田丸に乗っていた兵員四千六百人余のうち、生き残りは八十人ほどいたが、皆汚れた軍服は脱ぎ捨て裸同然のような姿で、体力も失っていたから、船の外へ出すわけにもいかなかったのだ。着いた翌日になって、ようやく新しい軍服や雑嚢に鉄兜、銃、帯剣、水筒などが、一切訊問なしに支給された。

俺は新しい下着を着、軍服を身に着けて手足を伸ばしてみたとき、初めて生きている実感を持つことができた。ちょうどその日が四月二十九日の天長節だと知り、俺は素直に感謝したい気持ちになった。そんな思いがいかに虚しいか、俺はまだ気付いていてはいなかったのだ。

マニラ港を出るまでの数日間は、割と自由でのんびりした時間だった。上陸には厳しい制限があったが、「朝風」艦内にいる限り、何かと世話になる海軍の人たちも親切だった。飯もたっぷり出たし、俺たち遭難者を元気づけるための演芸大会もあった。楽しいことが多くなり、単純な俺は「やはり、軍隊も悪くはないな」などと思ったりした。

自由時間も多かったので、普段あまり口を利かない他の中隊の者たちとの交流もできた。あるとき俺が一人で甲板の手摺りに寄って港の風景を眺めていると、後ろから肩をたたく者がいた。振り向くと、筏で一緒にいた滝沢上等兵だった。彼もすっかり新しい軍服に身を固めた姿だった。

「やあ、君には世話になった。その礼が言いたかったのだ」

と滝沢は言い、泳ぎが下手なので筏に助け上げられなかったらすべてを諦めるつもりだったと話した。そんな礼をわざわざ言われるとは思いもしなかったから俺は驚いた。

だが滝沢は気にもせず、人懐こい笑みを浮かべて言った。

「ようやく、人心地がついたね」

相手は年上で位も上なのだが、滝沢の態度は柔らかく言葉遣いも丁寧なので、俺は滝沢に他の兵隊にはない親しみを感じた。

「これから俺たちはどうなるんですかね。まさか内地に帰されるとも思えないけど……」

俺は思わず正直な気持ちを口に出した。すると滝沢はあっさり答えた。

「そのうちにどこかの島に行かされるんだろう。帰れるなんて期待しない方がいい」

「やっぱりそうか……。それなら、勝ち目があるうちに早く行かせてもらいたいがなあ」

俺が大した考えもなく冗談めかして言うと、滝沢は俺から目を逸らし、

「勝ち目ねえ、勝ち目はあるのかなあ……」

と言って海の果ての方を見た。日本の勝利など信じていないようなその言い方に、俺はむしろ驚いてしまった。すると滝沢が俺を見てこう言ったのだ。

「君は確か、認識票を回収されて、そのままだと言ったね。しかし普通、そんなことがあってはならないはずでしょう。いくら軍に記録はあると言っても、認識票は、戦場に行く軍人必携のものなんだからね」

俺は思わず滝沢に向かって強くうなずいた。それは俺の頭に引っかかっているひどく不快な問題でもあったのだ。

滝沢は海の向こうに目をやりながら落ち着いた声で話し続けたが、その顔は、何かしら強い感情がこみ上げてくるのを抑えてでもいるようだった。

「今日本の軍隊は、必要な事務さえ疎かになろうとしているという感じがする。軍全体の統率さえ怪しくなっているのかもしれない。何しろ、肝心の武器や物資の不足がどうにもならなくなりつつあるから、むしろ敗色濃厚なのかもしれない。にもかかわらず、何が何でも戦い続けようとしているとしたら、何だか無茶苦茶です。そんな気がしませんか」

俺は返事のしようもなく、ただ滝沢の顔を見つめていた。実際、敗色濃厚な日本なんてただの一度だって考えたこともなかったのだ。

滝沢は俺の顔を見て、それ以上話を続けるのを止めた。

「余計なことを言ったかもしれません。忘れてください」

そう言って一礼し、滝沢は背を向けて去った。

俺はまた手摺りに寄って海に目をやった。滝沢の言ったことが頭から離れなかった。

そのとき後ろから別の男の近づく気配がした。見ると、藤田という同じ第五中隊所属の少尉で、生き残った七人の代表格の立場にある古参兵だった。以前泰安の兵舎にいたとき、部屋の入り口の靴の揃え方が悪いと言って、俺を最初に殴った男でもあった。

「貴様、あの男と何を話していたんだ？」

俺の前に立ちはだかって藤田少尉が言った。頬骨の張ったごつい顔でガラスのように光る目が俺をにらみつけた。

「滝沢上等兵殿とは、沈没した後の海で筏に乗り合わせたので、それ以来初めてお会いして、互いに助かってよかったというお話でした」

俺はともかくそれだけ言って黙った。

藤田はなおも俺の目の中でものぞくような顔をしていたが、「よし」と言っただけでその場を去った。

俺は、その藤田少尉の様子を見て、滝沢上等兵はいわゆる「要注意人物」なのかもしれないと思った。しかし俺には滝沢に対する悪い印象は何もなく、むしろ彼の言った言葉が心に残り、その後も何かのときに思い出されたりした。

だが、所属する中隊が異なるせいもあって、滝沢とはその後二度と会うことはなかったのだ。


その後俺たち生き残りの部隊は駆逐艦「朝風」を降り、他の部隊とも合流して輸送船「ブラジル丸」に乗り込んだ。そしてマニラ港を出発したのが五月一日のことだった。兵員は全部で三千人以上だったろうが、目的地はもちろん知らされてはいない。

それは仕方がないとしても、俺自身の気持ちには大分変化が出てきた。軍隊生活にも慣れて要領や図太さも身に付いてきた感じはあるが、自分がいつどのように死ぬかもわからないという恐怖に慣れてきたのも確かだ。

それに、吉田丸が沈没したときに積み荷の野砲もすべて失い、野砲兵とは名ばかりのような存在になった。だが俺はそんなことも自分ではあまり気にしていなかったし、命令に従って動けばよいのだと覚悟もできているつもりだった。それでいて戦況には強い関心を持ち、上官たちの何気ない話しぶりにも注意するようになった。

ブラジル丸は吉田丸より大きな船で、俺たちの詰め込まれた部屋が、座っていても頭が支《つか》える三段仕切りでなくて、二段仕切りなのがうれしかった。それでも艦内の部屋は暑く、軍服の上着を脱いで上半身を起こしたままの姿勢で寝ていると、汗が出てたまらなかった。

その点甲板は涼しかった。それで皆しきりと甲板に出たがった。俺も一眠りしては甲板に出ていき、誰彼となく言葉も交わした。

ブラジル丸の船中では、兵隊間の雰囲気も吉田丸のときと随分変わってきて、兵隊同士の会話の中味にも、位を越えた仲間意識のようなものが感じられた。吉田丸の沈没という恐怖の体験を経て、運命共同体のような意識が生まれていたのかもしれない。

それから何日間か、船はセレベス海を進み続けた。この海も常に敵襲を警戒しなければならない戦場の海だった。

マニラを出港して五日後のころ、昼過ぎに俺が部屋で居眠りをしていると、急に船体が激しく震動して揺れるのを感じた。途切れ途切れに船内のブザーも鳴った。船が敵襲を警戒する知らせだ。船内に強い動揺が走り、退船準備の行動に兵たちを駆り立てる。

俺は即座に救命胴着を掴んで身に着けながら甲板へ飛び出していった。そして船の手摺りに掴まって海を見た。まさにそのとき、俺の視線の先の海で、一隻の駆逐艦が爆発して大きく水柱が上がった。敵の魚雷が命中したのだ。船から飛び込む人の姿を見る間もなく、駆逐艦は真っ二つに割れて両端が跳ね上がり、あっという間に轟沈《ごう》した。俺は吉田丸の沈没を思い出して、思わず身震いしながら凝視した。

甲板は救命胴着を着けた者たちで一杯になっていた。俺は次のブザーが鳴るのを気にしながらも、自分の飛び込む方向を見定めようとした。

そのとき船が大きく舵《かじ》を取り、揺れて傾いた。ブラジル丸に向かって一直線に走ってくる二本の魚雷を、船長が発見したのだ。白波を立てて進む魚雷の航跡は肉眼でも見える。手摺りから身を乗り出した俺の目にも、それははっきり見えた。ブラジル丸は大きく舵を切って方向を変え、きわどいところで二本の魚雷とすれ違って、全速力で遁走した。

セレベス海は航行危険であると判断したブラジル丸は、翌日の朝にセレベス島のメナド港に待避して臨時の停泊をした。

インドネシアの町メナドは不思議なほど穏やかだった。現地住民がしきりと船に近づいてきて、バナナの房を掲げては煙草などとの物々交換を求めた。中には日本の銭でも商売する者がいたようだ。近くには日本軍が「メナド富士」と名付けた形のよい山もあり、何となく親しみを感じさせる島の雰囲気だった。

二晩停泊した後にブラジル丸はメナドを出て、翌々日の夜、ハルマヘラ島のロロバタに着いた。すぐに下船準備の命令が出た。吉田丸に積み込んだ野砲も馬も海に沈んでしまったから、銃一丁に帯剣と雑嚢だけの俺たちは下船準備も簡単だった。

だが下船命令が出ないまま、待機命令が出て、しばらくしてから船は動き出した。皆不安に駆られた。ブラジル丸が敵に狙われて逃げ回っている、そんな恐れが思い浮かんだ。俺は甲板から暗い海を見つめて、飛び込んで逃げることばかり考えていた。

ところが翌朝、ブラジル丸は同じハルマヘラ島のハテタバコという小さな港に着いた。そこにも日本軍の飛行場があった。直ちに下船命令が出たので、俺たちはようやくブラジル丸を離れることになり、船倉にあった食糧その他の荷物を運び出した。

ハテタバコでは民家を使った兵舎に寝泊まりして、次の命令待ちの状態になった。

そこに滞在するうちに、特に俺たち第五中隊生き残りの七人は、藤田少尉を中心にして

「藤田隊」と呼ばれるようになり、次第に結束力を持つようになった。

だが当面は、やることといったら「対空監視」と称して毎日空を見上げることしかなかった。何となくいらだつ気分を抑えながら、ハルマヘラ島からニューギニアに向かって爆撃に行く日本の飛行機の機影を見ては、その数を数えた。帰ってくる数が減っていることもあり、意気消沈する気分になった。そんなことの繰り返しで、日が経つにつれて何となく無気力になっていった。

六月になって間もなく、藤田隊に命令が出て、小舟でハルマヘラ島北部のトベロに渡った。敵に発見される恐れもあったが、その種の危険には慣れっこになってもいた。

トベロには連隊本部がある。トベロ一帯の通信線の補修をするのが藤田隊に与えられた任務であった。

トベロもインドネシアの町で、日本軍が来る前はオランダ軍が支配していた。人々はオランダ軍に搾取されたことを憎み、オランダ軍を追い出して入ってきた日本軍に好感を持っていた。何かにつけて日本軍にはよく協力してくれたので、俺たちの仕事は楽だった。

トベロには「江川牧場」という日本人経営の大きな牧場があり、二千頭の牛を飼育していて、バナナやパイナップルも作る大農場であることは、インドネシア人にも広く知られていた。俺たちは通信線の補修であちこち回りながら、江川牧場の成り立ちにまつわる話もよく聞かされた。

トベロでの任務が終わると、藤田隊はハテタバコに帰るはずだったが、その直前に変更になり、次の命令を待ってトベロで待機しつつ、俺たちはまた対空監視の日々となった。それはいらいらするばかりで辛い毎日だった。

トベロ、ロロバタなどハルマヘラ島の基地はまだしっかりしていたが、いつ敵の攻撃目標になるかわからないという恐れは常にあった。ニューギニア方面に向かう機影を数えているだけでも、日本の飛行機がやられているという印象は増すばかりで、海上の輸送航路に対する敵潜水艦の攻撃激化と考え合わせると、ハルマヘラ島一帯にいる日本軍の食糧確保さえ危ぶまれた。しかし待機するだけの俺たちは何もすることがない。

七月も十日になって、ようやく藤田隊に移動命令が出た。目的地は同じハルマヘラ島北部で、トベロにも近いガレラという小さな町だった。藤田隊はその命令とともに大砲二門を受領し、他隊からの増員を得て隊員が二十人となった。

ガレラには陸路で行くしかない。しかも大砲二門を引いていくのだ。山道だから相当の難儀が予想された。だが命令されたからには行かねばならない。

行く前にいろいろ取り沙汰された中で、もっとも恐怖を感じさせたのはマラリアの危険だった。新たに藤田隊に加わった者の中には南方での軍隊生活三年とか四年の者もいて、脅し半分にマラリアの話をした。

「ガレラのマラリアは特に恐ろしいというぞ。マラリアに取りつかれると十人のうち七、八人は死ぬ。助かったとしても馬鹿になるそうだ」

それを聞いて二年兵が口を出した。

「爆弾で吹っ飛ぶんなら覚悟の上だが、マラリアで死ぬんじゃ、威勢が悪いな」

思わずうなずく面々を見て、藤田隊長が立ち上がり、色をなして怒鳴った。

「馬鹿野郎っ。てめえら、マラリアなんかにかかると思って今からびくびくしてるのかっ。かかるまではかからないんだっ。そう思ってしっかりしろっ。自分の村にいるのとは違うんだから、そのぐらいのことは覚悟しろっ」

それでともかく気合いを入れ直した俺たちは、丸一日かかってジャングルの道を歩き通し、大砲共々無事ガレラに着いた。

ガレラには以前から陸軍の歩兵部隊がいて、兵舎もあり大きな武器庫もあった。そこに海軍の設営隊が先に来ていて、藤田隊に協力する手はずにもなっていた。

着いた翌日から大砲据え付けの工事が始まった。海岸から砂や砂利を運びセメントも使って、大砲二門をしかるべき場所に据え付けるのだ。いつ襲撃してくるかわからない敵を迎え撃つための砲台だから、一刻を争って迎撃態勢を完了させなければならない。連日の暑熱の中で、藤田隊全員が褌《ふんどし》一つになって汗まみれの奮闘をし、セメントで固めた砲台を二日がかりで完成させた。

それからは、いつ敵機がやって来るかと戦々恐々の日々となった。対空監視もここでは一寸の油断もならない任務だった。砲台を造ったとわかれば、それを機に敵が襲ってくるかもしれぬのだ。

ガレラの兵舎では、歩兵部隊の内部で退屈紛れに作られる新聞があった。藤田隊が兵舎に入ってからも何度か、その小さな新聞が出たことがある。見るとそれには日本軍の戦況に関する記事もあり、読み物などまったくない戦陣の生活では皆に大歓迎された。

二回目に配られた新聞のトップ記事には、皆を驚喜させる大ニュースがあった。その内容は、日本に「決戦号」という無敵戦闘機ができて、それがすでに混明（クンミン）、サイパンなどの戦いで、一機が数十機を撃ち落とすというような華々しい戦果を上げている、というのであった。

皆がそんな話題に夢中になっていた七月下旬のある日、ガレラに初めて空襲があった。だが被害はほとんど何もなく、大砲も打たずに済んだので、偵察に来るらしい敵機の様子を見て皆があざ笑ってさえいた。

そこで、藤田隊長が檄《げき》を飛ばし、次の攻撃があったときには一機も漏らさず敵機を打つべしということになった。そして、そのために兵舎側と砲台を結ぶ交通壕《ごう》を掘ることになった。地盤は珊瑚礁《さんごしょう》の岩盤だから掘るのは容易だ。交通壕があれば、敵弾を受けずにいち早く砲台に行ける。日本の備えを見て慌てだした敵の攻撃などいくらでも迎え撃ってやる、と全員が大いに張り切って、夜を日に継ぐ突貫工事となった。

ところがその交通壕工事が完成しないうちに、本格的にハルマヘラ島を狙った敵の攻撃が始まり、ハルマヘラの各基地から日本の戦闘機も次々と飛び立っていく。俺たち藤田隊は次の命令を待ちつつ、椰子《やし》の根元や岩の陰に待避して、頭上の空中戦を見る羽目になった。しかも、その空中戦で日本の戦闘機は旗色悪しという他はなかった。

実際、この日の敵の攻撃によって、ハルマヘラ島とその近辺にある大小の飛行場や基地が、短時間のうちにほとんど壊滅的な被害を受けたのだった。「決戦号」の存在など、絵空事のように消え去ってしまった。

このころ、日本軍が制圧していたはずの太平洋南方の空は、こうして次々と敵の支配下に入ることになったのだ。

それでも日本軍は、占領した南洋諸島を失うまいとして、あちこちの基地や要塞で英米連合軍に対抗し、最後まで戦いを挑もうとしていた。俺も戦陣の中を駆け巡りつつ、あたりの空気からそんなせっぱ詰まった気分を感じ取っていた。だが一兵卒に過ぎない身では、それでよいのかどうか考える余裕も何もありはしない。


八月半ばになって、トベロの連隊本部がダルに移転することになった。ダルはトベロの南方にある海沿いの小さな町だ。藤田隊にもダルに移動する命令が出た。完成したばかりのガレラの砲台は、あとからトベロに来る陸軍の部隊に引き渡すのだという。

軍の移動はすべて夜の間に行われた。しかも陸路はやめて海側から遠回りしていくという。敵に気付かれるのを避けて早めに移動するためだろう。

藤田隊は十二人に縮小され、命令を受けた日の翌日、夜中になるのを待ってガレラの海岸からダルに向かって発動汽船で出発した。カヌーのような形の小型船で、十二人乗れば一杯になった。複雑な潮流に惑わされて漂ったあげく、夜明け近くにようやくダルの海岸に着き、そこから一時間余り山道を歩いた。

当時はすでに敵の諜報活動に協力する現地人も、あちこちの島に出始めていた。俺たちはそういうことも頭に置いて警戒しながら、不安も感じつつ真っ暗なダルの町の中を、連隊本部の移転先を求めて必死に歩かねばならなかった。俺たちが信号灯を探し当て、それに導かれて連隊本部に到着したのは、日の出ごろのことだった。

ダルの町長はアメリカの大学を出た熱心なキリスト教信者で牧師でもあり、日本の賀川豊彦のこともよく知っている人物だった。俺たちは、ダルに駐留するのならこの町長とも親しくしたいと思った。

ところがダルに来てから八日目には、また藤田隊に移動命令が出た。行く先はブバレーという島だった。ダルの海岸からさらに南へ二キロほど、船で行かなければならない。どうして藤田隊はこんなにも移動ばかりしなければならないのか。さすがの俺たちもいくらか自棄《やけ》気味の気分になりかけた。だが、命令が出れば逆らうことはできない。

俺は認識票を持たないことを思い出し、何となく不安で暗澹《たん》とした気分にもなった。他の者も同様だろうが、皆そんなことを口に出したりはしないだけだ。

ブバレー島は周囲八キロほどの島である。後退してきた日本軍のために、その島へ新たな要塞を築こうとするのである。ダルの本部を守るための要塞であった。

俺たち藤田隊が到着したとき、島にはすでに他の歩兵部隊数十人が来ていて、野砲も一台あった。藤田隊の任務は、そこで大砲二門を受領して、早急に砲台を作ることだった。きっと砲台造りは藤田隊の特技と認められたのに違いないと、皆大いに張り切った。

大砲は、一門が英国製のアームストロング砲で、一門が日本製だが、二門とも日露戦争当時から使われているもので口径は八サンチ（センチ）だった。英国製の方は砲身も長く「長八」と呼ばれ、藤田隊がガレラに据え付けた大砲もこれと同じものだった。

工事の状況を勘案すると、要求された日限に間に合わせるには人員が不足だった。そこで藤田隊長がダルの連隊本部に増員派遣を要請すると、すぐに歩兵五人が来て総勢十七人となった。その中で初年兵は俺を含めて二人となったが、三年兵四年兵などいわゆる古兵が多く、軍曹も二人いた。要するに、藤田隊は野砲兵を中心にして経験豊富な強者《つわもの》を集めた部隊であって、そこに、生き延びた初年兵が二人くっつけられたような感じだった。

気候の暑さは変わらないから、翌日から皆またもや褌一つの重労働となったが、使命感に燃えて奮闘し、椰子の葉陰を巧妙に利用した二台の砲台を一日半で完成させた。

敵はしかし、そう簡単に攻めてはこない。戦況の情報によると、敵軍はニューギニアあたりにいて、ハルマヘラ島やモロタイ島、パラオ諸島などにいる日本軍を完全に制圧しようとして、しきりと偵察機を飛ばしている段階らしい。そのうちに必ずハルマヘラにも狙いを定めて、総攻撃を仕掛けてくるにちがいない。

毎日のように上空に飛来する敵機の中には、ときに低空で来て様子見に爆弾を落としていくものがある。それは「グラマン」という大きな飛行機で、俺も、すごい勢いで急降下してくるグラマンを何度も見た。しかしそれを迎え撃つ日本の飛行機は一機も飛び立たないから、まるで馬鹿にされているようなものだった。本部からの命令は、「敵機への攻撃はなるべく控えよ。急場に備えて弾丸を保存すべし」であるから、隠忍自重《いんにんじちょう》の体をとるしかないのだった。

とはいうものの、我慢にも限度があった。大砲を構えて待機していた者が、ついに見かねて発砲し、敵機一機を撃墜した。やむを得ぬ状況とも見られたが、それは同時に陣地の在処《ありか》を敵に知らせることでもあったのだ。

翌日、敵機は次々と押し寄せて我が陣地を爆撃し、さらに機銃掃射を仕掛けてきた。それに応戦することは、ますます集中爆撃を浴びて壊滅されることでしかないのだった。

爆音がすっかり去って静かになったとき、味方の死者は十人、重傷者は二十八人だった。その重傷者もすべて、適切な手当もできぬまま、激しい暑気の中で全員が死んでいった。

このとき藤田隊も四人を失なった。その夜、残った十三人の中に立って、藤田隊長が言った。

「明日も、敵機は決着をつけるべく必ず来襲する。各自、身辺整理をして、迎え撃つのみだ。いいなっ」

「はいっ」

皆しっかりと返事をした。ここまで来れば、死を覚悟して決戦に臨む以外に道はない。

俺は前日から発熱があり頭痛もひどかったが、それを誰にも言ってはいなかった。マラリアにやられたかどうかということは考えなかった。そしてすでに下着から靴下に至るまですっかり着替えてあった。あとはその他の荷物類を整理し、雑嚢に収めておけばよい。敵にやられてどのように踏み込まれても、恥ずかしくないようにする覚悟はできていた。

その夜は就寝となっても、俺たちは一種の興奮状態にあって寝付かれなかった。

何かの見返りにハルマヘラ島の現地人から手に入れた香水を持っていた者がいて、この世も最後というわけか、それを捨てるつもりで自分に振りかけた。部屋に広がるその甘い香りに堪えきれず、皆が代わる代わるそれを借りては自分に振りかけて騒いだ。俺も仲間に釣られてそれを頭に振りかけてみたが、その甘い香りについ夢中になった。そしてどういうわけか、しきりと涙が溢れて止まらなくなった。東京の品川を出発するときに俺を見送りに来た、しず子の顔が思い出されてならないのだった。

なにくそ、こんなところで死んでたまるか。俺の中でそう叫ぶ声があった。そうだ、生き抜いて戦うのだ、今の俺にはそれしかないと思った。

それにしても、強い日本軍はどこへ行ってしまったのか。海軍は皆全滅したとでもいうのか。そんなはずはないと思いながら、俺は毛布をかぶって歯を食いしばって堪えた。

実は、俺たちはすでにこんな話を聞いていたのだ。

ハルマヘラ島の北端から数キロ離れたところにあるのがモロタイ島で、ブバレー島とは比べものにならないくらいの大きな島だ。何とかして態勢を立て直さなければならない日本軍は、この島に急遽、新たな基地を造ろうとした。両島の間にあるブバレー島は大砲二門を備え、モロタイと一帯となった前線基地となる。藤田隊がブバレー島に砲台を完成させたとき、モロタイ島の陣地や飛行場も大方できあがっていた。モロタイでもそれこそ昼夜兼行で不眠不休の工事だったという。

ところが二日前、このモロタイ基地の守備隊に、突如、連隊本部からハルマヘラ島に下がれという命令が出たのだという。日本軍部隊の到着を見ずに、できあがったばかりの基地をそっくり敵に明け渡すも同然となったのだ。いくら戦況の動きによる本部の判断とはいえ、悔やんでも悔やみきれない情けないことであったろう。しかもこの守備隊の撤退が終わらないうちに、空からの敵の猛攻が始まった。敵はこの時とばかりにモロタイ島上陸作戦を開始したのだ。そしてこのとき、ブバレー島にもグラマンが来て、ほとんど抵抗もできぬまま多くの犠牲者を出したのであった。

明日の決戦が、仲間の仇を討つ覚悟で戦うことになるのは言うまでもない。俺はようやく目をつぶった。もはやしず子のことは考えないようにした。

翌朝は早くから敵機が襲ってきた。遠くから爆弾を落としては、すぐにまた低空飛行で来て機銃掃射を繰り返す。午後になるとその攻撃がいっそう激しくなった。こう低空飛行で来られては大砲などあまり役に立たない。

最初のうちは、なるべく分散待避せよと言われていたから、俺たちは皆一人ひとり蛸壺《たこつぼ》に入って敵機の様子を見ていた。俺は発熱の止まない体が重く、頭痛も感じはしたが、そんなことを気にしている場合ではなかった。命令さえあれば砲台のところに走っていく覚悟でいた。そうして何もできぬままに敵機の猛攻が続いた。

　砲台の近くには弾薬庫があった。敵はどうやらそれを狙って爆弾を落とし、あるいは焼夷《い》弾を浴びせてくるようだ。俺の蛸壺はこの弾薬庫に近い位置にある。

　弾薬庫にはガス弾がある。俺はガス弾に火が移ることの危険に気がついた。場合によっては全島壊滅となるのだ。

　今しも、焼夷弾はあちこちに落ちて炎を上げていた。爆弾の破裂音と地響きが止まず、土煙がもうもうと上がって見通しが利かなくなりそうだ。

　今やるしかない、と俺は意を決して蛸壺から飛び出し、分厚い引き戸を開けて弾薬庫に入った。ガス弾四発の所在を確認すると、すぐにそれを一つ抱えて外に出た。とたんに敵の機銃掃射がすぐ間近を走り抜けていく。

　そのとき俺は自分の体調も何も、生死のことはすべて忘れていた。百五十メートルほど離れた椰子の茂みの中まで一個八貫目（三十キロ）のガス弾を抱えて四往復、上空の敵機の様子を仰ぎ見ては夢中になって運んだ。運び終わった俺は、椰子の茂みから少し離れた大きな岩の陰にぴったり身を寄せて、辺りが静まるのを待った。

敵機の襲来はなおしばらく続き、爆弾の破裂音とすさまじい地響きが何度かあったが、そのうちに、敵機が頭上を通過して隣のハルマヘラ島へ向かっていくのがわかった。

どうやらブバレー島は敵の狙いからはずされたようだ。俺は身を隠していた岩から離れて、椰子の根元に運んだガス弾が無事であることを確認した。

周囲を見ると、砲台のあった陣地の辺りはさんざんに爆撃され、土煙に霞んでいる。弾薬庫は直撃を受けて跡形もない。たくさんの椰子の木が倒されて薄煙を上げている。そこに午後の赤っぽい日の光が射して静まりかえった光景は、まるで別世界のようだった。

仲間から離れた位置に来てしまった俺は、元のところへ戻ろうとしたが、疲れ果ててほとんど意識を失いそうだった。

だがそれよりも、ただ無性に水を飲みたかった。軍用に掘った井戸は遠かったが、陣地で使う用水として雨水を貯めたドラム缶がある。それに気がついた俺は、その場所まで百メートルほどの距離を懸命に這っていった。そしてドラム缶に掴まって伸び上がり、上から手を突っ込んで水を掬《すく》い上げては必死に口に流し込んで飲んだ。

それから急速に眠気を催した俺は、湿った草むらから這い出そうとして動き回ったような気がする。気がついたときは平たい岩の上に腹這いになって寝ていた。軍服の表面に水がたまるほど、全身がぐしょ濡れになっていた。俺は夜の間にすっかり眠り込んで、そのうちに大雨が降ったのだ。

空が白んできて夜明けになった。とっくに死んでいたはずの俺だったが、間違いなく生きている。俺は体を起こすと、汚れて濡れた軍服に包まれた自分の肢体を、薄い光の中でしみじみと見つめた。

このときも藤田隊のけが人は多数に上ったが、防戦一方の激烈さの中でともかくも全員が生き残った。蛸壺にいて命の助かった者が多かったので、蛸壺の有効さが再認識されたりもして、以後蛸壺掘りがいっそう重要な任務になったのには、むしろ情けなくなる。

大砲は二門のうち一門が使えそうだというので早速点検整備して、いつでも戦えるように準備した。だが、「弾薬は努めて保存し、命令があるまで打つな」と言われていたから、俺たちのすることは対空監視以外になかった。仮に目前に来た敵機を撃ち落としたとしても、たちまち敵に居所を知られて何倍もの爆撃を受けることになるのはわかっていた。

そうなると敵は悠々とした態度を見せて尚更挑発し、攻撃目標を正確に掴んで叩《たた》こうとする。たまたま偵察の飛行機が撃ち落とされても、敵は悠々と海上でこれ見よがしに救助活動をし、それに反応する日本軍の動きを察知すれば、あとから狙い澄ました爆撃を仕掛けてくる。俺たちは地団駄踏みながら、弾薬も物資も次第に尽きていく中で、守りも攻めも後退に後退を重ねていくことになるのだった。

四　絶望的な持久戦へ

九月の末になるころ、敵はニューギニアからモロタイ島辺りにかけてすっかり制圧したようで、残るはハルマヘラ島だとばかりに毎日のように空爆をしてきた。制空権を奪い海上の輸送路を遮断して、戦線を我が物顔に飛び回り出したのだ。

昭和十九年のこのころから、太平洋の戦況はまさに一変したのだった。

空から侮蔑嘲笑するかのごとき敵の攻撃に対して、それを迎え撃つ戦闘機は一機も飛ばないまま、ハルマヘラ島やその近辺の基地に残った日本軍は、ただ自分の陣地を守ることに懸命となった。本部からの撤退命令がなければ陣地を捨てることもできないのだ。

ブバレー島の上空には毎日のように敵の偵察機が飛び回り、ときには様子見の爆撃機が低空でやって来る。その度に俺たちは物陰から息を凝らして警戒するのみなのだが、それでも命令さえ出ればいつでも敵機を木っ端微塵に撃ってやるんだと、必死の構えだけは失わなかった。だが実際は、いつ敵が上陸作戦に切り替えて総攻撃をしてくるか戦々恐々としつつ、まるでその日が目標であるかのような日々だった。

ある朝、敵の飛行機が来ぬうちにと、俺たちは四人で大砲の手入れをしていた。砲台は椰子の大木や岩陰を利用して巧妙に偽装してあるから、上空の偵察機にも簡単には発見されないはずだった。

そのとき、上空高く飛んでくる飛行機が一機見えた。

「やけに早く偵察に来やがった」

と仲間の一人が叫んで立ち上がった。即座に手入れを中止して、四人とも近くの岩陰に隠れて敵の様子を見ることにした。

すると、その偵察機は見る間に白煙を吐きながら落下し始めた。何か事故を起こしたらしい。それはそのまま墜落して水煙を上げ、白い機体の一部が海に浮かぶのが見えた。するとすぐに別の飛行機が二機現れて、その上空を旋回し始めた。と見る間に、搭乗者の救助に向かう魚雷艇が向こうから近づいてくるのも見えた。

それらの光景をそのまま見送って動かなければよかったのだが、俺たち四人は我慢できずに、魚雷艇を狙って大砲の照準を合わせてしまい、思い切って打った。命令がないのに打ったのだが、魚雷艇の攻撃を迎え撃ったと言い訳をするつもりだった。

それでも当たればよかったが、弾はわずかにはずれた。すぐにモロタイ島から十機ほどの編隊が現れ、砲台を狙ってめちゃくちゃに爆撃してきた。俺たちは近くの蛸壺に潜って沈黙するばかりだった。応戦して弾を無駄にすることの方を恐れたのだ。

すると敵機の攻撃がじきに止んで、機影もなくなって上空は静かになった。

「ちくしょうっ、なんてこったぁ」

仲間の一人が岩陰から飛び出し、拳を振り上げて叫んだ。

それは俺たち皆の叫びでもあった。俺も思わず海に向かって拳を振り上げ、悔し涙を流さずにはいられなかった。

敵はもはや、日本の空軍は全滅したと見ているのだ。だから空中で戦う戦闘機は必要なく、いきなり爆撃機で来る。こちらは大砲を持っていながら敵の的になることを恐れ、それを迎え撃つこともできない。これでは敵のやりたい放題ではないか。

実際このころから、ハルマヘラ島のトベロ、ダル、ロロバタ、ガレラ、そしてブバレー島などの基地に残った日本軍部隊は、敵にとってまともな相手ではなくなったのだ。様子を見ては爆撃機で気まぐれな攻撃を仕掛けてくるだけだ。輸送路を失って武器も食糧も尽きた日本軍が自滅するのを、敵は待っているのに違いない。

モロタイ島から飛び立った敵の飛行機がフィリピン方面に向かうのを見るにつけ、その先にある日本本土さえも狙われているように、俺たちには見えてくる。誰も口に出さずとも、そういう戦況は一兵卒にも伝わってくるのだ。

その年の十月二十三日に、ダルの日本軍本部から戦況に関する指令が来て、それは俺たちにも伝達された。

「……戦いの終局は不明である。従って軍の駐留期間も不明である。今後の食糧については在庫物を蓄えとして置き、各部隊において深くこの点に留意して現地での自給自足体制を工夫されたい」

自給自足によってあくまでも日本の陣地を守れと言うのだ。

もう持久戦しかないというのか。一瞬、皆溜息を吐き、あるいは天を仰いだ。

一体、栄えある日本の軍隊はどうなったのだ。日本の責任ある指導者たちは、今何を考えているのだ。南方の果てまで突き進んだ俺たちは、戦争の終局もわからないまま見殺しになるだけなのか。このちっぽけなブバレー島が俺たちの死に場所になるのか。

だが、俺たちの指揮官である藤田隊長は、そんな弱気を吐かなかった。

「戦争はまだ継続しており、結果は不明だ。ならばこそ、俺たちは祖国日本のために、最後まで力を尽くし、乾坤一擲《けんこんいってき》、働かねばならんのだ。それが使命だ、忘れるなっ」

隊長のこの言葉を信じていく以外に、俺たちが一致してやることはなかった。持久戦の先に勝利があると信じることのできる条件は、何一つ見つからないのだが。

島に生き残っていた二十人足らずの歩兵部隊がダルの本部に招集され、ブバレー島には藤田隊十三人が残って守ることになった。こうして俺たちは二門の大砲を抱えて空を睨みながら、ブバレー島を死守する持久戦に入ったのだ。


ブバレー島の現地住民は三十人ほどいて、集落の近くには小さな船着き場もあった。島民は普段でもハルマヘラやモロタイとも小舟を使って行き来している。敵と通じるスパイの存在も疑われはしたが、島民自体は日本軍に対して意外なほど信頼感を持っているらしい。それは、不当な搾取に明け暮れた白人を島から追い出したのが日本軍だからだ。

砲台や兵舎は島民の集落からやや離れた場所に、地形や樹林を利用して巧みに造られてある。敵の爆撃もこの砲台や兵舎の辺りに集中するのであって、島民の集落が空から狙われることはまずない。

だが、日本軍の陣地を狙う敵の空爆は容赦なく襲ってくる。すでに南洋方面の制空権を奪われた日本軍は、それをただ地上の基地で迎え撃つしかない情勢だった。夜昼なく、空のみならず海からも襲ってくる敵に対して、藤田隊としても対空対潜の監視体制を独力でしっかり組まなければならなかった。

藤田隊といえども優勢な敵に対する怯えも生じていたし、監視の任務に当たった者は極度に緊張もした。だから特に夜間監視の交替時間は厳格にする必要があった。それは周知徹底して各自が確実に実行すべき重要任務であった。

ただ、元々ここの兵舎には時計というものがなかったから、その任務の割り当て方法には知恵を絞らなければならなかった。島民の知恵も借りてようやく決まった方法は、椰子の皮をたたいて造った繊維を乾燥させて縄にし、それに火をつけて時間を計るやり方だった。椰子の実の皮は油を含むから、それを用いて作った縄はいつまでも灯《とも》し続けることができる。それを利用して、日の入りから日の出まで灯し続けるのに必要な縄の長さを決め、それを担当人数で割って一人ごとの境に白いこよりを結び付けた。その印のところまで燃えてきたら監視交替になる。

　こうして夜間の監視哨《しょう》は一人あたりにして三日に一度、二時間半程度の任務となった。監視に出る順番は、年数の若い者が続かないように組むこととし、隊長が決めた。

　毎日、夜間監視開始の時刻がくると、隊長が兵舎の出入り口の内側に火縄を針金で結わえ付け、点火する。監視哨に立つ当番の者は各自がその火縄を見て確認し、確実に交替を行わなければならない。

　兵舎は海岸から少し引っ込んだ椰子の林の中にあるが、監視哨の場所は兵舎の脇から斜面を少し登った高みにある。そこからは眼下に海が広がり、海岸の先には島民の使う船着き場が見える。島民の集落はその船着き場から奥へ入った森の中にあり、監視哨からは見えない。

　見晴らしはよくとも監視哨の場所は、海からも陸からも真っ先に狙い撃ちされそうな場所でもあるのだ。そこに立つからには、そういう恐怖とも戦いながら空と海の監視をしなければならないのである。

　ところが、皆寝静まった夜更けに起きて交替するとき、この火縄の火に息を吹きかけて次の交替が早く来るようにすることを思いつく者がいた。少しでも長く休める時間を得たいというのは疲れ切った兵隊なら誰でも考えることだが、隙を見てそんな悪さをするのは、大抵、年数を経た古兵だった。そしてその犠牲になって割を食うのも、大体初年兵と相場は決まっていた。だが初年兵は、それが古兵の誰かの仕業だとわかっていても文句を言うことができない。上位のものが絶対の、軍隊の掟《おきて》があるからだ。

ある夜、自分が怒鳴りつけられているような夢を見て、俺は目を覚ました。すぐに起きて火縄を見に行った。今夜の監視哨の最後に俺の当番が回ってくるのだが、火縄の火はその時刻までまだ二、三十分の余裕があることを示していた。俺はほっとして部屋に戻り、寝床に横になってまんじりともせずに時を過ごした。そして少し早めに部屋を出た。交替には次の番の者が早めに出るように心がけよと言われていたからだ。

俺が兵舎を出て岩場を登って監視哨の場所に行くと、古兵の柴山が銃を手に持ち海に顔を向けた姿勢で立っていた。

柴山は三年兵だから普段も俺に対しては威張っているが、階級は二等兵のままの男だ。だが軍の連絡に欠かせない無線機の知識があるので、重宝がられている面もあった。

「飯坂二等兵、交替します」

俺が柴山のそばに行き敬礼して叫ぶと、柴山は敬礼を返すこともせずに俺を一瞥《べつ》した。

「よしっ、異常なし、だ」

と言って、慣れきった様子でさっさと背を向けて去る柴山を、俺は思わず見送った。柴山が薄笑いを浮かべていたのを、夜目にもはっきりと見たからだ。それは見慣れた柴山のちょっと愛嬌のある笑いとは違う、一種の冷たさを感じさせもしたのだ。

その日の明け方、すなわち日の出の時刻に任務を終えた俺が火縄のところに行ってみると、火はとっくに消えて縄は白い灰になっていた。やっぱりどう考えても、俺の監視当番はいつもより時間が長いと思われてならない。柴山が、火縄の火を吹いてずるいやり方をしたという証拠は何もないが、交替したときに見せたあの男の薄笑いに疑いを持たずにはいられなかった。その後兵舎内ですれ違うときなど、柴山に向けた俺の視線はいつもと違う冷徹な光を含んでいたに違いない。その理由に、柴山がまったく無頓着な人間であるとは思えなかった。二人の間には何となくぎくしゃくしたものが生じていた。

十一月の初めにダルの連隊本部から、ワシレに向けて五人派遣せよという命令が来た。被服その他の必要物資を、敵の爆撃による被害を可能な限り避けるため、各部隊ごとに分散配布するというのだ。ワシレはハルマヘラ島東部の小さな入り江のある地点で、ブバレー島からは船を使って行かねばならず、普段でもそう簡単に行けるところではない。ましてや敵に発見されて狙い撃ちされれば、荷物もろとも海に沈められることになる。

藤田隊長の選んだ五人の派遣隊の指揮官は山崎という若い伍長で、その五人目に俺の名も呼ばれた。その日の朝食のときに命じられ、直ちに用意して出発ということになった。

俺が部屋に戻って用意していると、柴山が戸口からのぞいて言った。

「ワシレはマラリアの心配は少なさそうだぜ」

わざわざ言う必要もない言葉を掛けて、にたっと笑ったその顔はいかにも柴山らしい柔和な表情で、俺も思わずにっこりして、

「はい、有難うございます。ご心配なく」

と答えた。

俺はこのとき、柴山の気の使い方に何となく不自然なものを感じていた。善良そうな表情の背後にあるずるさである。しかし俺は表面上、柴山のそんな考えは知らぬ顔をするつもりでいた。軍隊内ではそれがいちばん安全だからだ。

日が落ちるころにいよいよ出発となって、兵舎の出入り口に五人が勢揃いし、藤田隊長以下の面々の見送りを受けた。敵に感づかれて突然の攻撃を受ける恐れもある命がけの任務だから、出発する五人の敬礼した顔は緊張しきっていた。

そのとき俺は、見送る者たちの後方に立つ柴山と目が合った。彼も真剣な顔つきをしてこちらを見ていた。だが俺はその目に、他の者とは違う、何かしら淀んだ色を感じたのだ。

俺は、はっとして見返した。柴山はすぐに視線を逸らした。その投げやりな感じに俺は驚いたが、何となく嫌な予感もした。

それから山道を上り下りして島民の集落に着いた。そこで、島民が魚捕りに使うやや大きめの舟を借りて、真夜中を待ってブバレー島の船着き場を出発した。

五人が乗ると一杯になるような手こぎの舟で夜の海をゆっくり進み、翌朝の日の出前に、恐れていたような敵の襲撃にもあわず、無事ワシレに着いた。その小さな船着き場から少し奥に入ったところに数軒の住居があり、その集落のはずれに軍の倉庫があった。

倉庫の前でしばらく待っていると、やがて、山の方から五人の兵が現れた。ダルの本部の指示によって物資の受け渡しに来た兵だった。藤田隊の荷物の受領が終わると、本部の兵たちは自分たちの荷物を背負い、ロロバタへ行くと言ってまた山の中に入っていった。

あとに残った俺たち五人は、受け取った荷物を背負ってブバレーに帰るにしても、敵の目に付かぬようにするために夜を待たねばならなかった。タピオカの団子とカボチャの茹でたのを弁当に持ってきたが、それを食べてしまえば何もやることがない。

住民の話では、山の奥に入ったところにバナナがたくさん自生しているところがあるという。ジャングルを分け入っていかなければならないから、そう簡単には行けない場所なのだなどと話すのだった。

俺はそれを聞いて、急に、ブバレーに帰る前にそのバナナを腹一杯食ったらどんなにいいだろう、という思いに取りつかれた。時間は十分あるんだと思うと、いても立ってもいられなくなった。

俺以外の四人は古兵というべき年数の兵で、皆二、三時間でもゆっくり寝て休むつもりらしい。中で俺と年齢の近いのは一つ年上の西岡二等兵だった。体の割りに大食らいな西岡に、俺がバナナを食いに行きたいと話すと大分乗り気になった。

俺はすぐに山崎伍長に話してみた。山崎は呆れたという顔をしたが、そばにいた川村一等兵、高橋一等兵の二人も行きたいと言い出し、結局山崎も賛同して全員で行くことになった。夕方までに五人揃って戻るというのが絶対的条件だった。

一度そうと決まると、責任感もあってか山崎伍長が誰よりも熱心になり、始終先頭に立って歩いた。

ジャングルの中の道は島民の通った跡も目についていて、さほど険しくはない。山腹を回って一時間ほど行くと、バナナの房をつけた木があちこちに見え始めた。すぐ近くに海岸の入り込んだ、南向きのなだらかな傾斜地だった。

そのとき上空を敵の爆撃機が数機飛んでいくのを見た。爆音がほとんど聞こえない低空飛行だ。そのあとで気味の悪い地響きが幾つも伝わってくる。爆弾を落としていったのに違いない。

「敵の奴、大分来たぞ。どこを狙ったのかなあ」

指揮官の山崎伍長は、何度も空を見上げては気にしていた。

だが、とにかく目的は目の前のバナナだった。飛行機の気配がなくなると、一斉にバナナに取りついた。一人が木に這い上りバナナの房を落とすと、他の者が下で受け取る。バナナの実はいくらでも採れた。

それから五人はバナナの木の根元にたむろして、各自が食いたいだけ腹一杯食った。例えようもなく甘い香りのするご馳走だった。食べきれずに残った幾房ものバナナを、ワシレの住民たちへの土産に持ち帰ることにした。

「敵はどこへ行ったのかなあ。こう山の中じゃさっぱりだ、見当もつかねえよ」

高橋が食い終わったバナナの房を放り投げてから、空を見てつぶやくと、

「敵もこんな山の中は狙いようがないさ。俺は少し寝ることにするよ」

と川村が言い、肘《ひじ》を枕にごろりと横になった。

バナナを食ってすっかり満足した俺は、仰向けにひっくり返ってぼんやり空を見た。うっとりするような眠気を感じた。俺のすぐ脇で西岡も仰向いてぼんやり空を見ていた。

今の俺たちにとって敵の爆撃は日常的なことであり、珍しいことでも驚くことでもない。とりあえず自分の安全が確保できれば次の行動に備え、束の間の休息でも取るのが一番なのだ。

やがて、

「さあ、行くぞ。皆立てっ」

日の傾くのを見た山崎伍長の一声で、俺たちはまたジャングルの中の道をたどって帰ることになった。腹のバナナの消化を感じながら、俺たちは自ずと元気な足取りになった。

それから皆無言になってしばらく歩き続けた。木々の間から海を見透かすところに来て、最後尾にいた俺が夕日の光景に気付いて思わず叫んだ。

「見ろよ、すごい夕焼けだ」

前を歩いていた西岡がすぐ振り向いて目を輝かせた。

「おお、すばらしいな。日本では見られない景色だぞ」

雲一つない西の空を赤々と染めて海の果てにまっすぐに落ちてゆく夕日、そして金色に輝く海。確かにそれは南洋でしか見られない壮大な夕焼け空の眺めに違いなかった。

先頭の山崎伍長以下五人はその場に立ち止まったまま、大海原の果ての夕日を見つめた。もうこのまま敵の弾に当たって死んでもいい、と誰か言いそうだった。しかし誰も口には出さずにただ大きく溜息を吐き、また向き直って一心に歩き出した。

ワシレの集落が木の間隠れに見えたとき、景色がちょっと違うと誰しも気付いた。見えるはずのものが見えないし、変な臭いの空気が流れているような気もする。とたんに先頭の山崎伍長が大声を出した。

「やられたんだっ。でかいやつを落とされたらしいぞ」

五人はすぐに海岸に向かって駆けだした。

三百メートルほど走るうちに、椰子やラワンの大木が何本もなぎ倒されているのを見た。そして海岸の船着き場の手前に俺たちが幾つも見たのは、直径十メートルぐらいの深く掘り取られたような穴だった。それは大きな爆弾の落とされた跡に違いなく、その周囲は何もかも吹き飛ばされて無くなっていた。敵の狙いはこの船着き場だったのだ。

船着き場の小さな桟橋も、何隻か繋がれてあった舟も、さらには、そこから近いところの大木の陰にあった軍の倉庫も、爆撃に吹き飛ばされて影も形も見えなかった。ただ俺たち五人の背負う荷物は倉庫には入れず、少し離れたところの岩陰にまとめてあったので無事だった。それにしても、五人は眼前の光景に驚くばかりで、しばらくは言葉もなかった。

それからようやく、住民たちが一人も姿を見せないことに気付いた。集落の住居は海岸から離れた森の中にあるのでほとんど難を逃れたようだったが、中はもぬけの空だった。すぐに手分けして付近を探して驚いた。あちこちに、飛び散った肉片や手足の先を見つけたのだ。海辺に走り出た俺は、寄せては返す波に揺れる幾つかの無惨な死体を見た。すべてが、大型爆弾のすさまじさを示していた。

日の光があるうちにと俺たちはやたらと辺りを歩き回ってみた。集落にいた人々が爆弾に当たって一度に皆消えてしまったとは、どうしても信じられなかった。

じきに夜がやって来た。船もないから俺たちとしても動きようがない。五人とも呆然とするばかりで、とにかく持っていたバナナを食べて木の陰にでも寝場所を見つけ、夜の明けるのを待つ他はないということになった。

翌朝、木々の間から差し込む日の光に気付いて俺たちは目を覚ました。空も海も、まだ敵の気配はなさそうだ。今日は、夕刻までにブバレー島へ帰る手だてを探し、夜の行動を決めねばならない。朝飯は、集落の家にあったタピオカの団子を食い、それ以外に二食分ぐらいの用意もした。

そこへ、海岸の見回りに出ていた高橋一等兵が戻ってきて叫んだ。

「おいっ、海岸へ出て見ろ。すごいことになっているぞ。早く出て見ろっ」

ばらばらと駆けだしていって見ると、誰しもぎょっとなって海辺に立ちすくんだ。それは昨日俺の見た光景とも違っていた。波打ち際のあちこちに人間の死体が流れ着き、寄せる波に揺れながら浮いているのだ。よく見ればこの地の集落の住民たちに違いなかった。

多分前日、海岸か船にいて爆弾に吹き飛ばされた人たちの死体が、一度は引き潮に引かれて沖に向かって流され、夜の間に上げ潮に押されてまた海岸に戻されてきたのだ。そうとしか考えられなかった。

そのまま見捨てるわけにはいかず、一人一人運んでは海岸の砂地に並べて置いた。そうしてみると、世話にもなった島民だし、かわいそうだから海岸沿いの土に埋めてやろうということになった。

海辺の死体を集めただけでも十数人になった。その他に、飛び散って体の一部だけになった遺体を集めれば優に二十人ぐらいにはなりそうだった。それらをすべて、穴を掘って土中に埋める作業は、五人にとってかなりの重労働だった。

そのうちに、森の中から数人の住民がそろそろと出てきた。俺たちは驚いて思わず駆け寄った。爆弾の炸裂した後に集落から逃げ出して、森の奥に隠れて震えていたらしい。年寄りの男が一人に子供が一人、あとは女が三人だった。話を聞くと、漁に出る男たちの船を見送ろうとして集落の者がほとんど皆海岸に出ているところを、爆撃機に狙われたらしい。機銃掃射もあったようだ。

住民たちは、俺たちと何の相談もしないまま、墓を作って死体を埋める作業を手伝い始めた。その間に、夫らしい男の死体を見つけてすがりついて泣く女もいた。子供は七、八歳と見え、一つの死体の前に無言のままいつまでも立っていた。俺たちはそんな住民たちの様子を見ながら、ただ黙々と死体を運び埋め続けた。

俺がバナナを食いに行くなどということを思いつかなければ、俺たちは五人とも、この舟着き場の辺りで木っ端微塵にやられたのかもしれなかった。集落の住民たちは俺たちの代わりに狙われたようなものなのだ。実際、日本軍及びその協力者に対する残酷な仕返しに満足したのか、その日一日、敵は偵察機一機さえも飛ばしてはこなかった。

翌日も、朝の海岸には別の死体が幾つか流れ着いていた。沖の方に流された死体が夜の間に海岸に押し戻されてきたのだ。どれも集落の者に違いなかった。俺たちはまた穴を掘って埋める作業をした。

俺たちの船も破壊されて役に立たず、依然として帰還する手だては見つからないままだった。あとはハルマヘラ島内の他の陣地を見つけて連絡を取る他はない。ジャングルに入っていくには道もわからず、思っただけで気が遠くなりそうだった。

その夜のことだ。俺たちが集落の空き家を借りて寝入ったところへ、ダルの連隊本部から三人の者が小型発動機船を使って様子を見に来た。俺たちは寝入りばなを起こされて、また島民の生き残りが戻ってきたのかと思って外へ出てみたのだが、そうではなかった。前々日の敵の攻撃があまりに苛烈極まるものであったので、その被害の実際を調べに来たのだという。一行の責任者である高川少尉の話によると、敵機はハルマヘラ島周辺を狙い撃ちにし、ブバレー島も攻撃を受け藤田隊は二名が戦死したそうで、俺たちは絶句した。

山崎伍長以下五人が敵の攻撃から逃れた事情については、休息のあとで集落周囲の見回りに出ていた間のこととして了解された。

高川少尉以下の三人は翌日も付近の海岸に流れ着いた死体がないか調べ、兵隊の死体があれば、その体に取り付けられた認識証を取って持って帰るのが任務なのだった。認識証がなければ、死体はそのままうち捨てられることになる。

俺の認識証はどうしてくれるのだ。それがのど元まで出かかりながら、俺は呑み込んだ。今さらそれを言って何になる。俺のいた第五中隊の仲間はバシー海峡の敵襲でほとんど死んだのだ。どうせ国に預けた命なのだから、今さらこんなところで文句を言って何になる。

何になる、と心中に繰り返して、俺は押し黙るのみだった。

そして、ダルへ帰る彼らの発動汽船に同船することになって、俺たち五人はブバレーの陣地に帰ることができた。もちろん、支給物資等をブバレー島に運ぶ任務は、数日の遅れとなったが間違いなく果たされた。

ブバレー島に帰ってから俺が知ったのは、敵の攻撃の最中に死んだという二人のうちの一人が、柴山二等兵だったことだ。彼は無線機のそばにいて、敵の弾に頭を打ち砕かれていたという。

俺は呆然として、それから思わず手を合わせた。辛くも敵の攻撃を逃れて戻った俺の頭の中には、人に媚びるような目をした柴山の柔和な笑顔だけが残ることになった。

こうして藤田隊は、全部で十一人という小部隊になった。増員される当てはないらしい。

隊長の藤田少尉が三十五歳ぐらいで、あとは軍曹二人と伍長二人が三十歳以上だが、他の六人は三年兵以下の二十代だ。内訳は上等兵、一等兵、二等兵各二人となっていて、二等兵の俺が歳もいちばん若い二十歳だ。ブバレーに来てから二人を失ったが、多少の年齢差や階級差などを越えた結束力はさらに強まって、この十一人でブバレー島最後の決戦に臨むのだという覚悟は、自ずと強固なものになった。

もともと藤田隊は各部隊の生き残りを呼び集めた混成部隊のようで、一癖二癖ありそうな強者が多く、滅多なことでは驚かない。そうして見るとこの俺も、体力にものをいわせて結構しぶとく生き残ってきているようでもある。

それにしてもこの日ごろ、敵と直接向き合って戦うことはほとんど無く、敵機の襲来があれば専ら待避するばかりだ。空襲が止めば次の防御に備えて蛸壺掘りを繰り返し、あるいは食糧を得るための畑仕事に精出す毎日なのである。まるで、飢餓に耐えながら畑作りをすることが戦争の条件だったのか、と考え直したくなるような有様だった。

その一方で、好き勝手にやって来る敵機の攻撃は、日を置いては容赦なく空から襲ってくる。偵察の行き届いた狙い撃ちにあうとひどいことになる。しかしむしろ敵は、効果の有無よりも嫌がらせの神経戦でもするように、大雑把な攻撃を繰り返すことが多かった。

そしてある日、ついに兵舎がさんざんにやられ、貯蔵物資などの被害も大きかった。すぐに場所を変えてしっかりした兵舎を建てることになった。どんな直撃も堪えるためには防空壕も必要だし、いざというときに一人一人が身を隠す蛸壺も、早急に造り直さなければならなかった。

兵舎といっても、山で切り取ってきた椰子や青桐の幹を使って骨組みをして、屋根には椰子の葉を重ねて葺《ふ》き、仕切りもせいぜい椰子の葉をたらす程度という、雨露をしのぐだけの吹きっさらしの空間に過ぎない。床などないも同然、丸太を並べただけで、寝るときは毛布一枚敷けば十分なのだ。

それがこの辺りの現地人に教わって造った住居であるから、それなりに用は足りる。赤道直下で熱帯のこの地域には年中ほとんど風が無く、しばしば大雨は降っても横殴りに吹き込むことはないし、雨が止めばすぐ乾くので、慣れればこれで結構平気でいられるのだ。

だが日本軍独特の蛸壺は、そう安直にはいかない。蛸壺とは、戦場で身を隠すために身の丈に合わせて地面に掘った竪穴で、蛸壺に入って銃で戦ったり、命を助かることも多々あるが、上から直撃されれば一溜まりもなくお陀仏だ。いくらしっかり造るとしても、大型爆弾が近くに落ちれば堪えきれないのもわかり切ったことだ。

「おい、また蛸壺を掘れとよ。これで幾つ目かな」

「今度こそ自分の墓穴になりそうだぜ」

「等身大の具合よさそうなのにしよう。掘るのも楽なところに……」

隊長から蛸壺掘りの命令が出ると、俺たちは顔を見合わせた者同士、ついそんな会話を交わしたりもする。少し前までは何事にも必死に取り組んだ俺も、反撃さえ思うようにならないこのごろは、蛸壺掘りと聞くと何となく気が抜けてしまったりした。

とにかく敵は太平洋上において、要所要所を攻めては日本軍の飛行場を奪って空軍を強化し、多分、今ごろはもうフィリピンに総攻撃をかけ、さらには日本本土を狙っていくのかもしれない。そんなことを何となく予感しながらも、俺たちは、日本から遠く離れた小島に過ぎないブバレー島で、たった二門の大砲にしがみついているだけというのが現実だった。

「軍隊に入って戦争に来ていて、弾が打てねえんだぜ。それで一体、どうしようっていうんだろう……」

そんなつぶやきを、毎日のようにどこかで誰かが思わず知らず吐き出していた。

そして他にやることといったら大砲や銃や、その他の武器を一心に磨くことだった。それは申し合わせたように始まり、気でも違ったかと思うほどに皆熱中した。攻撃の命令さえあればいつでも使えるようにしておこうという、そういう意識だけはあったのだ。

いつまでたっても戦いの命令は来ないまま日が経っていき、藤田隊の食糧は日増しに乏しくなっていた。最初のうちは、一人一日四合の計算でダルの本部から配給されていた米が、三合になり二合になり、とうとう一合になった。本部の輜重兵が命懸けで運んでくる回数もやや間遠になった。ドラム缶を半分に切って造った米櫃《びつ》は、底の見えていることが多かった。

五　ブバレー島の日々

ブバレー島における藤田隊の仕事として、連隊本部の命令以外に俺たちの考えることは食糧確保が重要問題で、それこそ毎日必死に取りくまなければならなかった。

ここの島民はタピオカと魚が主な食糧である。タピオカは里芋に似た幅の広い葉をつけた低木で、その根を掘ると大きな芋のようなものが採れる。現地人はそれを叩いてつぶし、団子にして煮たり焼いたりして食べる。

藤田隊のためにダルの本部から届く物資は必要最小限のものであって、特に食糧は現地調達を主とすることになっている。俺たちは島民に教わり、森林に入ってタピオカの芋を採り、また海に潜って魚を捕って食うことになる。ときには食糧を分けてもらい、その代わりに島民のために、雑木の伐採や道の造成など何かと協力もした。

そうなると島民との交流を増やす必要があったので、自ずと雑談したりする機会も増えた。俺たちに対しては無口で取っ付きにくかった島民たちも次第にうち解けて、予想外の優しい思いやりを示されることもあった。藤田隊の面々と島民との意志疎通はかなり良好だったのだ。俺も島民の何人かと親しくなり、互いに名前を覚えたりもした。

食糧確保には畑作りのための開墾が何より重要だった。それも敵の爆撃による被害を考えると、兵舎の近くなどに広い畑を作ることはできない。例え兵舎から離れていても敵機に見つかればめちゃくちゃにやられる。そこで山の奥の方まで行き、小さい畑を無数に作ることになった。それにはジャングルの開拓という、大仕事をしなければならなかった。

そのための道具は、どういうわけか、最低限のものが揃っていた。大きな鍬《くわ》、鋭い鎌、鋸《のこぎり》のようなものに至るまで、数は不十分ではあるが、代わる代わる使えば能率も上がる。そういう説明もあって、ダルの本部から藤田隊にも特別支給されたのである。

それらの農具を眺めて、俺たちは思わず溜息を吐いた。

「こんな南洋の果てまで来て、畑作りをするとは思わなかったなあ」

「芋を作ったり菜っぱを植えたりするのは、もうしねえつもりで軍隊に来たけどなあ」

特に農家出の者たちの嘆きは尽きなかった。その点、畳屋の家業を継いで職人になるつもりだった俺には興味もあり、むしろ進んで鍬を手に取ったりもした。マラリアを移す蚊さえいなければ一日中、褌一つで開墾に精出すことも厭わなかった。

畑で作るものは大根、人参、トマト、ナスなどの野菜の他、特に主食にもなる甘藷《かんしょ》（サツマイモの類）には力を入れた。甘藷の苗は、現地人から六、七寸（約二十センチ）に切った蔓《つる》をもらって並べて植えるだけなので簡単だった。野菜類の種は日本から送ってきたのもあったが、現地人からもらう種もいろいろあって、畑に蒔《ま》けばどれもこれもよく育った。暖かな気候と、ときどき勢いよくやって来るスコールが、畑の作物をどんどん育ててくれる土地柄なのだ。

俺たちは現地島民の知恵も借りながら畑仕事に精出したが、それこそ生きるための仕事に違いなく、顔つきも肌の色も違う島民との心の通い合いを感じるようにもなった。そうしてその合間に仲間同士でふと顔を見合わせ、なんで戦争なんてするんだろうという気分にさえなったりしたものだ。

畑作りとは別に、塹壕《ざんごう》生活に耐える用意としても、俺たちにとって塩はどうしても必要なものだった。塩を作って貯蔵することも重要な仕事だったのだ。

海水から塩を採る方法をどうするか。これには皆で知恵を絞った。そして行き着いたやり方は、ドラム缶を縦に割って海水を満たし、下から火をたいて水分を蒸発させて塩を取る。その仕事をする場所は、海水を運ぶためにできるだけ海に近く、しかも木の生い茂ったところがよい。薪の調達はもちろんだが、煙が木の間をくぐって散り、敵の目に付きにくくするためである。こうして一日に五、六升（約八キロ）の塩を収穫することができることを知った。

また、ブバレーのジャングルには鶏とよく似た姿の山鳥がいた。山鳥が木にとまっていると、長い尾が下がっているからすぐわかる。ジャングルに入って探すと、ときにはその山鳥の巣を見つけて卵を幾つも手に入れることができた。

そこで山鳥を飼おうということになった。現地人から五羽買い取ってみると、椰子の葉を葺いた屋根下の横木に止まって人を恐れることもなく、まことに飼いやすかった。山鳥の卵は美味で栄養豊富、その上場合によっては肉も食えたのでありがたかった。それで山鳥を飼うことが重要な仕事になり、当番を決めて餌や巣の世話をする必要を知った。

畑作りで茅の多い場所を開墾すると、大きな蛇をよく見つけた。これを捕まえて焼いて食うとなかなかうまかった。芭蕉や椰子の根元には小さな蟹《かに》がたくさんいることがあり、これも集めて茹《ゆ》でて食った。畑作りや開墾はそういう獲物を見つける機会でもあった。

こうなると、食糧確保について的確な指示のできる人物が必要になった。河合軍曹は料理人の資格もあり、そういう面で日毎に存在感を増していた。当然、藤田隊長は河合軍曹を食糧担当の責任者に命じた。今や部隊内で、食糧担当は重要な軍務になったのだ。

そこで河合は早速、毎日の食糧確保に関して必要なやり方を周知徹底し、山鳥を飼うための当番や塩造りの手順や割り当ても決めた。

それからさらに河合の始めたことは、毎日の食事にできる限りの変化と質の向上を加えるということだった。要するに新しい食材を得るにつけても、貯蔵や料理法の研究が必要だというのだ。無計画な行き当たりばったりでは持久戦に堪えられないのも確かだろう。

蒸して干したり塩漬けにしたり、ものによって貯蔵の仕方も違ってくる。そういうことの適否や場所を考えてしっかり決めて、皆で覚えて組織的に行えば食糧の確保はできる。それに、食物というやつは人間の気持ちを変えるものでもある。同じ食材でも形を変えたり味を変えたりすれば食欲が増し、活動の意欲を増すことにも繋がる。

河合はそんな話もして、自ら炊事道具のようなものまでいろいろ工夫して作った。

中でも、ブリキ板に釘で縦横幾つもの穴を開けて作ったタピオカ擂《す》りの道具には皆が重宝した。タピオカを掘り取ってくると、それを洗って新案の擂り機でおろし、それを乾燥させて粉状にしておく。食うときはその粉を持ってきて水で練って団子にして塩茹でにしたり、あるいは椰子やバナナの葉に包んだり竹を半分に割ったものに入れたりして、その上で火を焚くとこんがり焼けてうまい。この擂り機ができたことによって皆が喜び、タピオカに対する愛着も生まれた。

それ以外にも河合は、建具職人である山口上等兵に指図して、竹を使った蒸籠（蒸し器）を五枚と、ラワン材を用いた杵《きね》を六本作らせた。そして自らはドラム缶を半分に切ってセメントを流し込み、真ん中にお椀《わん》のような大きな穴を作った。河合は、これで餅《もち》つきの臼《うす》ができたと喜んだ。

俺たちはすっかり感心し、早速、タピオカの芋を茹でて臼に入れ、ラワンの杵でこねたりついたりしてタピオカの餅を作った。それは十分に正月の餅を思い出させる食感があり、醤油《しょう》をつけて食うと尚更うまかった。それで試しに大根のおろし醤油をつけたり、平たく延ばして適当な大きさに切ったのを焼いたりして食った。その後も「試しに」と言っては、正月を待ちきれずに何度も臼と杵を持ち出してはタピオカ餅を食った。

そんなふうにしてタピオカをいろいろ工夫して食うことができるようになると、配給の少ない米は、何か特別の折りに、例えば何かの祝いや祭りのために、味わう貴重なものになった。タピオカの細い茎を切り取って畑に植えておくと葉が出て成長し、根についた芋を楽に収穫できるようになることもわかり、タピオカは俺たちにとって現地人同様の常用食品となった。

それに加えて俺たちの食い物に大きな変化を与えたのは、椰子の実だ。元々椰子の実を割って中の水を飲むことは知っていたが、熟した実の地に落ちたのを集めて、中の実を煮詰めて油を取ることを知ったのは大きな収穫だった。

椰子の実は直径一尺、長さ二尺ほどにもなる堅い実だが、熟すと自然に木の下へ落ちる。それが頭にでも当たれば「イチコロ」だが、落ちた実を集めれば役に立つ。その実の皮を剥《は》いで中の黄色い塊を取り出してドラム缶に入れ、水を加えて足でよく揉んでから一晩おく。すると油が上に浮くから、それを掬い取って沸騰させると透明な油となる。それは立派な食用油に違いなく、椰子の実さえあればいくらでも作ることができた。

こうして俺たちは、ドラム缶を切って作った鍋を使って、海で捕った魚や蟹、森で捕ったトカゲを唐揚げにして食った。タピオカの粉を衣にして天麩《ぷ》羅を作ることもできた。

さらには山鳥の肉を唐揚げにし、塩を振って食うことも覚えたが、そのあまりのうまさに涙を流す者がいたほどだった。

食料が絶対的に不足していたから、いずれにしても俺たちはいつもひもじい思いをし続けていた。何でもことあるごとに食い物に結びつけて考えるのが、習性になっていたといってよい。

ワシレから無事に戻って以来、そのときの山崎伍長以下高橋、川村両一等兵と西岡二等兵に俺の五人は、よく一緒に行動することがあった。共に命がけの任務を果たして帰ったことが、戦友としての絆を増すことにもなったようだ。

塩はたくさん作って貯蔵して置いて使うのだが、三ヶ月もすればまた新たに作らなければならなくなる。ある日、その塩作りの仕事をこの五人で担当することになった。

珊瑚礁《さんごしょう》のある海辺で海水を汲み取っていたとき、高橋が珊瑚礁の奥を見つめて、

「何かいる。蟹か？　まさか、こんなでかい奴が……」

と言って目を丸くした。

そばにいた西岡と俺が一緒にのぞくと、岩の奥に蟹の爪のような形をしたものが見える。蟹だとすれば化け物のような大きなやつだ。三人は思わず顔を見合わせた。

高橋は太い針金の束を持ってきて適当な長さに切り、その先を曲げたのを岩の穴に突っ込んだ。針金に引っかけて引っ張り出そうというのだ。

そこへ山崎と川村が来て、同じような針金の棒を作り、五人で夢中になってあちこちか

ら突っついた。堪《たま》らず這い出してきたのは、確かに大きな鋏《はさみ》を持った蟹に違いなかった。とにかくでかいやつで、形はヤドカリに似ていた。

すぐに、「こいつを茹でて食おう」ということになった。

ちょうど塩作りをしていたときだ。縦割りにしたドラム缶に海水が一杯になって沸騰していた。

暴れて逃げ出そうとする大蟹を、五人総掛かりになってドラム缶の熱湯の中に押し込んだ。蟹はじきに動かなくなった。何だかうまそうな匂いが漂ってきた。さあ、どうやって食うか、ということになった。

「よしっ、俺が」

と言うや、体の大きな高橋が両手で蟹を持ち上げて、傍らの岩角に叩きつけた。だが蟹の甲羅には傷も付かず、鋏も足も元のままだ。

俺は兵舎にあったハンマーを思い出して持ってくると、それを振り上げて蟹の甲羅の真ん中に打ち込んだ。甲羅が破れて黄色っぽい中味がはみ出した。

五人で代わる代わる、その破れたところに手を突っ込んで中の肉を掴み出して食った。さらに続けてハンマーでぶち切っては次々と食った。適度な塩味もあってあまりにうまいので、藤田隊長に足を三本持っていくことにした。

最後に、蟹の尻の辺りにぶよぶよした妙なものが飛び出しているのに気がついた。それをつかみ取って五人が一口ずつ食った。魚の目玉のような感じがして、何とも例えようがないくらい、うまいものだった。

その夜は、川村一等兵と俺が対空監視の当番になっていた。監視哨《しょう》の当番は確実にやる必要があるというわけで、このごろは二人ずつ組んでやるようになっていた。

「どうも暑いなあ」

「変な暑さだなあ」

監視哨に立ちながら二人は堪えきれなくなって言葉を交わした。

「どうも頭も胸も、もんもんとして、体中が火照ってるようだぜ」

川村がまた言うので、俺も言った。

「そうだなあ、逆上《のぼ》せるっていうのはこんなのを言うのかなあ」

そこへ、兵舎から高橋一等兵と西岡二等兵が出てきて、のそのそした足取りで近寄ってきた。

「どうにも体中が変なんだ。眠れねえんだよ」

と高橋が言い、西岡も、

「もしかすると蟹の食中毒で、一巻の終わりかなあ」

と言う。四人は思わず顔を見合わせ、苦笑した。

「死んだっていいじゃねえか。蟹を食い過ぎて死ぬなんて、国じゃ滅多にねえことだぜ」

川村はそう言って「へっへっへっ」と自嘲するように笑った。だが農家出でずんぐりした体つきの川村が低い声で笑うと、殊の外ふてぶてしく見える。

いつの間にか山崎伍長が、下から上ってきて四人に声をかけた。

「おい、監視はどうだ」

川村と俺は向き直って敬礼し、川村が、

「異状ありません」

と答えた。俺は直立して監視すべき方向に顔を向け、黙ったままでいた。

すると山崎はすぐに相好を崩し、高橋と西岡に向かって言った。

「どうも昼間に食った蟹の脳みそが効いて、俺は興奮して眠れねえようだぜ。おまえらはどうだい」

「そうなんだ。俺はマラがはち切れそうなんだ。何とかならねえかな」

と高橋が大まじめな顔をして言った。

「そりゃならねえさ。ここをどこだと思ってるんだ。赤道直下のブバレー島だぞ。この大馬鹿野郎め」

山崎伍長がわざと声を荒げて言い、皆で笑った。すると川村が、

「俺も興奮したらしくて、固い糞《くそ》がけつから出てこねえんだ。伍長殿、何とかならねえか」

と冗談めかして言うので、山崎も、

「そいつは気の毒だが、おまえら、戦地では何より忍耐が大事だっていう話を忘れたか。忘れたら思い出せ」

と言うので、忍耐じゃ解決しないと口々に言い合ってまた笑った。

結局、五人の体が元の調子に戻ったのは、大蟹を食ってから二日後のことだった。


十九年の十一月も末のころ、ダルの連隊本部にいろいろな工作機械が届いたという話が伝わってきた。そのうちに各隊に配備されるはずだともいう。旋盤、プレス、ミーリング盤の他に、精米機や、畳表を織る機械も来たらしい。しかも、藺草《いぐさ》の種を日本から持って

きて現地に蒔きつけ、原料を採って畳表を織る、そういう計画があるのだという説明も伝えられたのだった。

それを聞いた俺たちは、以前国でしきりと耳にした「大東亜共栄圏」という言葉を思いだし、唖《あ》然として顔を見合わせた。

俺は驚き、家業の畳屋のことを思いだした。そして、まさかこの俺がこのまま南洋の果ての島に住みつき、日本派遣の畳職人になって一生を終わるのではあるまいな、と変な想像をしないではいられなかった。

だが、それどころか、今藤田隊は弾も尽き食糧も尽きてきて、連日爆撃にさらされながら蛸壺に潜っているのだ。負け戦も極まったと言いたくなるような状態なのだ。他の部隊だって同様ではなかったのか。

それとも、戦争が終われば日本は南方の領土を元にして再発展するなどということが、本当にあるのか。本土の人たちは一体何を考えているのかと思うと、皆開いた口が塞がらない気がした。それとも俺たちだけ蚊帳《かや》の外に置かれているのか――。

そして十二月。日本なら師走の寒さと言うところだが、赤道直下のブバレーは暑いくらいで畑仕事も裸でやる毎日だ。それでもクリスマスというのはあって、敵機が撒《ま》いたビラ

が空から降ってきた。拾ってみると、「クリスマスプレゼントをする」と書いてある。すると直ちに連隊本部から「告示」が来て、

「敵の撒くクリスマスプレゼントのキャラメルやチョコレート等には毒がある。万年筆には時限爆弾が仕掛けてあるそうだから、絶対にそれらに触れてはならぬ」

というのだった。

そんなことを言ったって全部が全部毒のはずはないだろうから勿体ないとか、敵の狙いは日本軍の精神攪《かく》乱だろうから大したことはないとか、皆様ざまに言い合っていた。

いよいよクリスマス当日の二十五日となり、皆いつものように起きて、兵舎の前で朝日の光を浴びながら遥《はるか》に皇居を拝む。とたんに向こうの空から飛行機の爆音が響いてきた。

「今日はやけに早く来たなあ」

「きっとプレゼントを撒きに来たんだろう」

口々に言っていると、不意に近くですごい爆裂音がして辺りを震わせた。続いて猛烈な火を噴くような爆撃が襲ってきた。蛸壷に分散待避するどころでなく、皆慌てて砲台の地下壕に逃げ込んだ。最後に藤田隊長も、やむなしとばかりに駆け込んできた。

それからしばらくの間、幾編隊も続けて襲うすさまじい爆撃に包まれて、皆すし詰め状

態のまま身動きもできずに潜んでいた。堅牢無比に構築した壕だから、待避の場所としては安心感があった。

だが、ただ潜んでいるだけで何もできなかった。そのうちに、なま暖かい爆風がふわりふわりと波打つように壕の奥まで入ってきて、気味悪いほどだった。

爆撃は一時的に止んでも、またじきに爆音を響かせて襲ってくる。俺たちは朝飯も昼飯も食えぬまま、結局一日中地下壕にいるより他はなかった。

夕方になってきて、壕から出て見ると、兵舎は見る影もなくどこかへ吹き飛んでいた。しかし壕に覆い被さった砲台だけは、不思議なほどにそっくり無事なのだった。俺たちは夕飯のことも忘れて、いつまでも砲台の回りにぼんやり立っていた。

この「クリスマス・プレゼント」の攻撃が、日本軍に反撃するだけの戦力はないと見越した敵の、最後通告のようなものだったことは、俺のような一兵卒にも何となくわかる。それでもなお、日本軍は持久戦体勢を崩そうとはしないらしい。

それで俺たちは議論して、敵を欺くにはまず味方を欺くべしという戦法を、我が軍は採っているのだと考えた。姿を見せず抵抗も何もせず、日本に戦力なしと敵にも信じ込ませておいて、調子に乗ってやって来るところを待ちかまえて一気に叩きつぶす。持久戦とは、まさにそのための準備なのだ。

何だか空元気の辻褄《つま》合わせのようでもあったが、俺たちは唾《つば》を飛ばしてそんな議論に熱中したりしていた。

十二月末になり、日本にいれば正月の準備をするころだと思い出していると、ダルの連隊本部から粉餅の特配があった。粉餅とは餅米の粉だから、熱湯を入れてこねれば餅になる。内地から送られた心づくしの慰問品だった。

そしてその正月の時節は、気味悪いほど静かに過ごすことができた。

だがモロタイ島の基地を思うさま使えるようになった敵は、必ず近いうちにハルマヘラ島への上陸作戦を実行するに違いないのだ。その時に備え、最後の応戦ができるように弾を保存しておけというのが、連隊本部から来た命令であった。

その最後の一戦とは、「窮鼠猫《きゅうそ》を噛む」の類であることを、藤田隊十一人のすべてがよくわかっていた。たとえ大東亜戦争の勝敗はどうであっても、今のハルマヘラ島の戦闘には勝ち目がない。窮鼠猫を噛むの例えはあるにしても、噛みついた鼠《ねずみ》が猫に勝ったためしはないのだ。

そう考えてみると、内地からの正月用の贈り物とは、実は自決し全滅する隊への捧《ささ》げ物であったのかもしれない。そんな気がしてきて俺たちの心は暗く、複雑な思いもあった。

しかしその後もしばらくの間、敵はいっこうにブバレー島を攻撃する気配もなく、さすがの藤田隊も戦意喪失しそうな日々となった。ただ、タピオカを採りに山に入ったり、虫や蟹などの獲物を漁《あさ》りに行ったり、食い物獲得には精出した。そういう活動のあることは、先の見えない絶望的な状況の中で一種の救いでもあった。

そのうちにまた、敵は思い出したように単発的な爆撃をしてきた。日本軍の部隊が少しでも活動しているように見えると、それが気に入らないので叩いておこうとするのだろう。だから昼も夜も、対空監視の体制だけは怠りなくしなければならなかった。洋上遥かに敵の飛行機の影を見れば、まずは蛸壺などへの分散待避をするだけのことだったが。

とりあえず毎日の食糧を得ることはできても、いつやって来るかわからない死に戦だけを待つ心は、計り知れない不安と焦りが増すばかりで、勇敢な戦闘意欲を保つのは難しい。

「砲台はがっちりしているんだ。弾さえあればどんどん打ってやるんだがな」

「いっぺんにどかどかっと、やれないものかな。俺たちはもうどうなったっていいんだ」

口惜しさのあまりに、ついそんなことを互いに言い合ったりもする。

太平洋の制空権はすっかり敵の手中に入っている。武器弾薬もその他の物資も、すべて海上を思うように運べない状況だ。そんなことが俺のような一兵卒にもわかっている。それなのになぜ、日本は戦争をし続けなければならないのか。他国を占領し、それをどこまでも手放したくないと考えるのは、誰なのか。

俺は、どんよりとした空のような重い絶望感に囚われるのを、どうしてよいかわからなかった。

若い俺の体も疲れ切っていた。様々なものをやたらと食ったせいか、体の至る所に変なできものができたりもした。他の仲間も似たような状態だ。

ハルマヘラ一帯の風土病とされる熱帯性潰瘍《かいよう》というのがあり、これにやられると命にも関わると聞いてはいたが、俺の左足のすねの脇にできたのがそれだと知ったときは驚いた。

その潰瘍は最初蚊に刺されたようにふくらんでいるが痛みもなく、それがやがて内部の肉を腐食させていき骨まで達する。そうなると切って取るより方法が無くなるのだという。

俺のすねにできた赤いできものも痛みがないので放置していたら、十日ほどの間に肉の腐食が進んで反対側に突き抜けそうになった。それで慌てて徳島軍曹に診てもらった。徳島軍曹は医学知識もある人で、隊員の衛生関係も担当していたのだ。

「これは危険だ。このままにしてはおけんなあ」

徳島はしばし思案の後、長机の上に寝かされた俺をそのままにして、厳しい顔をして厨《ちゅう》房の方へ行ってしまった。

そしてしばらくして戻ったとき、徳島の右手には真っ赤に焼けた大きな鎹《かすがい》が、一方の端を濡れ手ぬぐいに巻いて右手に握られていた。俺は仰向けに寝たまま顔を上げ、一体どうするのかと見ていた。

すると徳島は、ものも言わずに長机に乗ってきて俺の顔に背を向けてまたがり、俺の両の太股にどっかりと腰を落とした。そして左手で俺の左足を押さえるや、右手の焼けた鎹を俺の患部に思い切りよく差し込んだ。しかも鎹の曲がった先で肉をえぐるようにして押しつけたのだ。

じりじりと異様な音がし、肉の焼ける変な臭いが流れてきた。俺は痛いとも熱いとも、何だかわからずに夢中で歯を食いしばっていた。

やがて徳島軍曹はさっと立ち上がり、長机から下りると怒ったような真っ赤な顔で俺を見下ろして、

「よし、いいぞ」

と一声かけ、鎹を持ったまま部屋を出ていった。包帯もしなければ薬も付けない。

俺はようやく長机の上に半身を起こした。ぴりぴりしたひどい痛みが全身に走るのを感じた。それから二日間、俺は痛みに耐えて部屋で寝転がっていた。

そして三日目の日、朝飯前に部屋に一人で残っていると、山崎伍長が血相変えて駆け込んできた。

「飯坂、全員集合だっ」

これは、ただごとではない。俺は暑さのために褌一つで横になっていたのだが、すぐに立ち上がった。まだ痛みのある左足を引きずるようにしながらも懸命に走って、兵舎内の集合場所に出ていった。

緊張した様子で直立した藤田隊長の前には、すでに俺以外の全員が裸同然で整列していた。隊長の横に立っている見慣れぬ二人は、連隊本部から来た少尉と軍曹だった。

俺は先ほどの山崎伍長の顔色を思い出し、ハッとして気がついた。非常食の乾麺《めん》を盗み

食いしたのがばれたのだ。そのことが、本部から来た者の検査によって発見されてしまったのだ。そうに違いない――。

「誰が乾麺を食ったのか、名乗りでろっ。確かに、この部隊の中にいるんだっ」

藤田隊長の大声が響いた。しかしその顔は怒っているというよりも、どうにも困ったという暗い表情にも見えた。

そのまま十分経っても十五分経っても、皆押し黙ったままだ。

「やむを得ん。名乗り出る者のあるまで、全員そこにいろっ」

藤田隊長はそう言い捨てて立ち去った。本部の二人も一緒に出ていった。

兵舎の床は砂を敷いた上に青桐の丸太を並べてあるだけだ。その上に、隊長以外の十人が、全員褌一つの姿で正座させられたのだ。青桐の丸太がすねに当たって、それだけでも痛かった。それ以上に俺は左足の傷の痛みにも必死で耐えていた。

しかし誰も、自分が食ったと名乗り出る者はなかった。

監視哨に二人ずつの当番で出たときは、誰でも乾麺を盗み食いしている。食わない者はいないのだ。食った者は名乗り出ろと言われても、自分だけ名乗り出て皆の罪を背負う気にはなれない。そう思うから皆押し黙っているのだ。

一時間近く経って、再度姿を見せた藤田隊長は言った。

「戦地においては非常食がいかに大切か。いざというときに食糧が無くて何ができるか。皆説明せずともわかっているはずだ。それを、おまえらは軍紀を破って食ったのである。戦時における軍隊生活を何と心得ておるのか。藤田部隊の名誉にかけて、犯人の出るまでは断じて許されんのだ」

隊長は怒りに顔を紅潮させてそれだけ言うと、また向こうへ行ってしまった。きっと本部の連中に相当きつく言われたのに違いない。

藤田隊長に言われるまでもなく、それが重罪であることはわかり切ったことだった。

しばらくすると、皆かしこまって下を向いたままの姿勢ながら、あちこちでぶつぶつと文句を漏らし始めた。

「乾麺は非常食だなんて、そんなことはわかっていらあ。だがこう腹が減ったんじゃ、まさに非常時だぜ」

「一体、今の食糧状態がどうなっているのか、上の人はわかっているのかね。いざというときまで、体が持たなかったらどうするんだ」

「大体、それ敵の総攻撃だ、それ食うんだじゃ、間に合わねえ。戦はできめえに」

「今度敵が総攻撃してきたら俺たちは全滅間違いなしだ。あれだけ大量の乾麺を残して死ぬなんて、ばかばかしいこった」

「そうだ、全部敵のものになるだけだ。そりゃあ利敵行為というもんだ」

監視当番に出たときにだって、そんな文句を密かにささやき合っていたのだ。そうして互いに承知の上で、目立たぬように気をつけながら当番の度に盗み食いをしていたのだ。今さら盗み食いをした奴は名乗れなんて言われたって、誰も驚きはしない。

三時間ほどの間、俺たちは丸太の上にかしこまっていた。しかし名乗り出る者はない。その結果どうなるかも、俺たちには大体察しがついていたのだ。

「今後このようなことは決してないように。わかったなっ」

結局、藤田隊長からそう言われただけだった。殴られる者さえもなしに終わった。隊長が去ってから、すぐに立ち上がることのできる者はいなかった。しばらくの間皆膝を抱えて転がったままでいて、自然に足の動かせるようになるのを待っていた。

俺は、自分の足のことなどそっちのけで思わず溜息が出た。こうなるともう軍紀も何もあったものではないなと思った。日本軍の名誉なんていつのまにか捨てられたも同然だ。

この戦争は、とうとうそこまで来てしまったのだ。

それから三日後、ダルの本部から知らせが来て、ガレラにいた部隊は「残余の者」がダルの本部に移動するので、明日未明までの早い時刻にガレラにおいて砲弾その他弾薬等を受領可能という。「残余の者」云々とあるのは、実は、ガレラの守備隊が攻撃を受けた結果としてガレラを離れてダルに撤退する、ついては武器庫に残された武器弾薬が敵の手に入る前に受け取れということだとわかり、皆驚いた。

大砲で敵の爆撃機を撃とうにも砲弾には限りがある。上陸してくる敵を迎え撃つにも機関銃の弾薬が足りない。そのことは本部にも伝えてあったのだ。砲弾の補充を急ぐからには、いよいよ最後の決戦の時が近づいたのだと察知し、藤田隊に異様な緊張が走った。

それにしても、ガレラは距離的にブバレー島に近いとはいえ、今そこへ舟で武器弾薬を取りに行くことがいかに危険であるか、誰しもすぐわかることだった。

だが藤田隊長はその場で、砲弾その他弾薬等の受領を決断し、その決死隊に加わる者を三人と決めた。そして真っ先に山崎伍長を指名してから、

「川村一等兵と飯坂二等兵が同行せよ」

と命令したのだった。

こうして俺は密命を帯びたガレラ決死隊の一員となって、その日の夜に手漕ぎの舟で密かにブバレー島を出発した。

モロタイ島とハルマヘラ島の間に広がる海は、その夜、敵の気配もなく静かだった。毎日よく晴れて暑さもひどかったが、夜になると海の上は降るような星空で、戦争の真っ直中にいることなんか忘れてしまいたくなる。

思ったよりも早めにガレラの海辺に着いたので、三人とも素早く舟を下りて近くの草むらの中に舟を隠した。それから森の中に入ってしばらく息を潜めていたが、辺りには何の気配も感じられないので、素早い動きで陣地内に入っていった。

ガレラにいた陸軍部隊はすでにダルに向けて出ていったあとだった。そして三人がそこに見たのは、数ヶ月前に藤田隊が突貫工事で造った二門の砲台の無惨な姿だった。それはまともな爆撃を受けてさんざんに破壊されていた。かなりの犠牲者を出したことも想像できる。土煙や異様な臭いがまだ辺りに立ち籠めているようだった。

日本軍はとうとうハルマヘラの基地を一つ捨てたのだ。これではモロタイ島の奪還などは夢のまた夢だ。おかげで藤田隊が、陣地内の倉庫に残された砲弾にありついたというわけか。まさに最後の決戦に向けての賜物というわけだ。

俺は崩れたトーチカの前で思わずへたり込んでしまった。

「直ちに倉庫へ行こう。砲弾と弾薬を受け取って荷物を造るんだ」

そう低く叫んだのは、どこまでも気丈な山崎伍長だった。

川村一等兵がすぐ走り出し、俺もそのあとに続いた。

ガレラの兵舎は見る影もなく焼け落ちていたが、その陰から四人の兵士が出てきた。先頭に立った若い下士官がガレラ守備隊の浜野曹長で、藤田隊の弾薬受領に立ち会うと言う。

そこから少し離れた岩の陰にある倉庫が無事だった。浜野曹長が鍵をはずして重い戸を開けた。そして山崎伍長が箱詰めの砲弾十発と弾薬の束を受領すると、浜野曹長ら四人は倉庫の中の片づけをし、自分たちの荷物をまとめて背負い、森の中へ入って去った。ダルにたどり着くまで数時間かかるのだという。

彼らは、ガレラの戦闘の詳しい様子はほとんど何も語らぬままだった。だが疲労困憊《ぱい》したような四人の兵の顔にすべてが表されているのを、俺たちは感じた。

残った俺たち三人も、自分たちの重い荷物を布袋に押し込んで背に負うことにした。

敵の気配はないが、昼間のうちにここを舟で出るのは、やはり危険だと考える他はない。焼け残った兵舎の陰に入って夜になるのを待つことにして、その間に、身に着けていたタピオカの団子を食って腹ごしらえをした。

そのとき、人の話し声がしたので兵舎の透き間から様子を窺うと、島民らしい二人の男が立って海を眺めていて、やがて何やらうなずきあい、来た道を急ぎ足で帰りかけた。

銃を構えていた川村が男の一人に狙いを定め、引き金に指をかけて山崎を見た。敵に内通される可能性を考えなければならないからだ。男たちがすでに倉庫の戸の異常を発見していたとしたら、尚更危険だ。

山崎伍長は川村一等兵に向かって、すぐに首を横に振って見せた。二人の男に向けて発砲すること自体のもたらす危険を重視したからで、二人のうち一人が森の中へ逃げ込む可能性だってあるのだ。今は砲弾運び出しの任務遂行を第一としなければならない。

川村も俺も山崎伍長の冷静な判断に従った。しかし、二人の島民の出現によって、新たな危険が身に迫りつつあることも否定できない。

俺たちはすぐに兵舎を離れ、船を隠した草むらの近くへ移動した。低木の林の中で辺りを窺いながら、夜の闇を待った。

ようやく薄闇を感じたころ、急に雲が出てきて暗さが増した。

「今だ、舟を出そう」

雨の気配を押し計っていた山崎が言い、すぐに身を屈めて草むらの方へ出ていった。同様にして川村が行き俺も続いた。

手漕ぎの舟を草むらから引き出し、腰の辺りまで水に浸かったところで素早く舟に乗り込み、背負っていた重い荷物を下ろして舟の真ん中に集めて置いた。それを挟んで山崎が艫《とも》に座って舟の前方に目を凝らし、相対して川村と俺が漕ぎ手になって並び、左右の櫂《かい》を操って船を進めた。

沖の方に向かって出ると意外なほどの明るさがあり、上空に不穏な色の雲は広がっていても雨はなかなかやって来なかった。とにかく可能な限り早くブバレー島に漕ぎ着けなければならない。川村と俺は、太い櫂を握った両手に力を込めて必死に漕いだ。

突然、飛行機の爆音が遠くに聞こえた。

「畜生、やっぱり来たか」

川村が顔を前方に振り向けて唸った。その方角を睨んでいた山崎が叫んだ。

「伏せろっ」

思わず伏せて顔を振り向けた俺の目に、二機の爆撃機が低空で突っ込んでくるのがはっきり見えた。そして機銃掃射の鋭い連続音が続けざまに聞こえた。

そのとき、山崎が「うっ」と呻いて突っ伏した。ほぼ同時に舳先《へさき》の辺りで爆弾の弾ける音がし、舟がもんどり打って海中に投げ込まれた。

俺は渦巻く水の中で夢中になって手足を動かし、もがき続けていた。そして気がついたら大きな板切れの端に掴まって浮かび出ていた。その板は少し湾曲しているようでもあり、船の舳先の辺りに張り付けられていたもののようだった。俺は必死で水を掻き、その分厚い大きな板に腹の辺りまでうまく乗るようにした。これでしばらくの間は浮いていられるだろう。

しかしどう見回しても、他の二人の影は見えない。

目の前で山崎伍長が敵の弾丸に当たって屈するのを、俺は確かに見たのだった。だがすぐ横にいた川村一等兵が、舳先に敵の一撃を受けたときどうしたか、俺の記憶には何もない。砲弾も弾薬も、とっくに海の底深く沈んでしまったのだろう。

すでに敵機の姿も爆音もなく、静まりかえった夜の海があるだけだった。よくよく見上げれば、いつの間にか雲は流れ去り、星空が戻っていた。

だが戦友二人の名を呼べど叫べど、俺の声はただ虚しく夜の海に吸い込まれてしまうだけだった。

六　最期の海

俺は分厚い舟板の切れ端の上に腹這いになったまま、暗い海に浮かんでいた。

夜の海に慣れてきた俺の目に、ブバレー島の影らしいものが見えていた。前方一帯に見えるハルマヘラ島の手前に、その小さな島影がぼんやり浮かんでいる。俺の乗る舟板は、波に押されて少しずつその島影に近づいているのかもしれないと俺は思った。島は小さくともそれが藤田隊の兵舎がある場所であり、俺の帰り着くべき陸地なのだ。

だがいくら間近に来たようであっても、あの島まで泳ぎ切る体力が今の俺にあるとは思えないし、いくら見詰めていてもそこから助け船が現れる気配は何も見えない。

波に揺れながら両手で水を掻いて進もうにも疲労感が重なるばかりで、板の上で顔を上げるのさえ辛くなりそうだ。俺を支えている舟板も、次第に水を含んで重くなり沈んでいくに違いない。軍服も重くなるばかりで腕や足を動かすのも容易ではない。やっとの思いで手を回して軍靴を脱ぐことはできたが、軍服までも海中に脱ぎ捨ててしまえば、いくら南洋の海といえども、ブバレー島に泳ぎ着く前に疲労した上に体が冷えて、動けなくなるだけのことだろう。

俺は死の覚悟をしなければならない。俺もここまでなのだと思った。

俺が砲弾と共にこの海の底に沈んでしまうのを、ブバレー島の戦友たちはわかってくれるだろうか。俺の頭に残るのはそのことばかりだった。

すると、またしても故国にいる親の顔が思い浮かぶではないか。それは不意に夜空の星をかき消すようにして、俺の上に覆い被さってきた。

思い返せば、俺が家を出たあと、皆が「出征万歳」と叫んで俺を送り出そうとする中で、五十になる母親はただ黙って俺を見つめ続けていた。五十八になる父親は腰を痛めて家から出てこなかった。あの二人は俺の出征を決して喜んではいなかったのだ。今まで一度も口に出してもこなかったが、今俺ははっきりとそう思うのだ。

ああ、今こそまざまざと思い浮かぶ母の顔。そしてやつれた父の顔。さらには一つ下の妹の儚《はかな》げな顔や、すでに戦地で散った三つ年上の兄の悲壮な顔まで浮かんでくる。

肉親とは、これほどにも深い結びつきを持つ存在であったのか。親元を遙かに離れて運命に殉じる覚悟をしたとき、こうまでして俺の脳裏に現れようとするとは。

俺はただじっと、それらの顔を見つめた。どの顔も、俺が今まで何度も思い描いてきたのとは違い、この静かな夜の海の澄んだ空気にふさわしい、透徹したまなざしを持つ顔だった。それらはまるで、俺を静かな死へ導こうとしているかのようなのだ。俺は急激に、限りない悲痛に襲われるのを感じた。

今まで俺は、彼らのために何もしてやれなかった。ただ彼らに囲まれながら自分が大きく成長することばかり考えていた気がする。そして成長したとき、こんな南の果ての海で、敵機の攻撃を受けて一人で死んでしまおうとする俺なのだ。

何という短い命であることか。何という無様さ、哀れさであることか——。

一体、軍隊とは何なのだ。そんな疑いさえ浮かんでくるのを抑えることはできない。

軍隊に入った最初から、「死」は当然のこととして俺を支配していた思いだった。俺たち兵隊は大君のために戦い、大君のために潔く死ぬのだ。それが日本という国に殉ずる尊い姿なのだ。最期は「天皇陛下ばんざい」と言って死ぬことこそ、俺自身の望むところでなければならぬ——。

十代の俺は毎日のようにそう教え込まれ、それを疑うこともせずに生きてきた。国に殉ずる自己犠牲の観念は、最高の美名として俺を引きつけた。俺はその観念に結びつけて自分の生き方を考えたし、世の風潮もそれ以外の考え方を許さなかった。

俺は十九で召集を受け、勇んで軍隊に入った。それからまだ二年足らずといえども、大陸から南洋諸島に渡って幾つもの局地戦を経験しつつ、我ながら随分きわどく生き延びてきたという気もする。こうして今、軍の重要任務を果たそうとして夜の海で敵の奇襲攻撃を受け、戦友を失い南海の果てに放り出されたからには、「天皇陛下ばんざい」と叫びさえすればいつでも死ねるはずだ。それは軍務に殉ずる尊い犠牲の姿なのである。板切れを放し、この冷たい海の底に沈むことに、どれほどの苦痛があろうか――。

実際俺は、俺をわずかに支えている板切れを何度となく離そうとした。そうしてすべての苦痛から逃れることを思った。

しかし、俺はついにそれをしなかった。「天皇陛下ばんざい」と叫ぶことを躊躇《ちゅうちょ》する自分がいたのだ。俺を取り囲む海の広大さ、無数の星の輝く宇宙の深さ。その中にあって俺がなぜ、世間的な美名とか名誉を考えて死なねばならないのか。俺はふとそう思ったのだ。それは我ながらまったく思いがけないことでもあった。

命ある限り、どこまでも生き続けよう。それこそ父や母の思いにも叶うはずだ。そう思うと、俺にはそれ以外になにも信じるべきことはないような気がした。まだ助かる道が、例え万に一つであろうともないわけではないのだ。

俺は右手を回して腰の革帯を探った。食べきる余裕がないままに残してあったタピオカ団子を、俺の指先がじきに探り当てた。その途端に気が緩んだのか、体が板切れからずり落ちそうになったが、辛うじて板にしがみつき、安定感を得てからタピオカ団子を一つ食った。それは海水に溶けかかっていて、じきに呑み込むことができた。

幸いなことに俺が身を委ねた分厚い舟板は、まだしばらく俺を支えてくれそうだ。俺はゆっくりと手足を動かして水を掻き、少しでもブバレー島やハルマヘラ島に近づくようにしようとした。それが俺にできる最後の行動かもしれないと思いつつ——。

命をいとおしむ感情が甦り、板切れの上でいささかの安定を感じたとき、俺の中にあった疑念や迷いが改めて息を吹き返してきた。高々二十年とはいえ、俺がその間に得たことは何だったのか。そんな思いが、沸々と湧き起こってきて止まぬのだ。

忠君愛国の道徳と自己犠牲の名誉、青年学校で学んだ徳目の数々、俺はそれらに何の疑問も感じずに軍隊に入ったのだった。そして今でも俺の頭に響いてくるのは、戦争の正義を強調し人を鼓舞するあの声たちだ。まず第一に軍の将校、国家を統治する首相、政治家、そして俺にしてみれば青年学校の教官の大声も忘れはしない。

いわく、神州不滅、皇軍の栄誉。いわく、大東亜の建設、大和魂の発揮。いわく、尽忠報国、滅私奉公。いわく、撃ちてし止まん……。

それらの言葉がすべての人々を導き、すべての価値を決めてきた。しかしそれがいかに大きな犠牲を強いる妄想でしかなかったか――。

一体、いまだに俺の脳裏に鳴り響いて止まぬ、あの猛々しい声々の正体とは何なのか。それは、軍隊の力で他国を侵略しその利を我がものとする野望そのものではないか。その野望、その利益のためには、占領地の拡大に手段を選ばず、また現地住民をどのようにでも手なずけ、あるいは抹殺しようともする。一方では、軍隊の力を強化するために、国民を絞り上げ生活を破壊して止むことがない。そればかりか、国のためと言いながら、権力者にとって軍隊は使い捨て同然の手段に過ぎず、戦況の逼迫《ひっぱく》を理由にして自国の兵隊の認識証さえ疎かにして顧みることもない。まさに俺は、これらのことを身をもって知ったのだ。

何のための軍隊か。何のための戦争か。

それこそ自己矛盾の極みではないか。俺はもはや、国家権力者や戦争遂行者の精神を信じることができない。彼らは口では平和とか繁栄を唱えつつ、やることは国民に犠牲を強いる道でしかないではないか。

潔く死ぬとか、国の運命に殉ずるということの虚偽を、そういう言葉で人を駆り立てようとする人々の欺瞞《ぎまん》を、俺はようやく知ったのだ。遅きに失したとも言えようが、それが最期に臨む俺の魂の、せめてもの救いになることを信じようと思う。

そうしてみると、俺が軍隊経験を通じて見てきたものは他にもあることに気づく。

ハルマヘラ島のトベロやワシレ、そしてブバレー島において見た現地住民の真実の姿、そこに見たのは、同じ人間としての生活感情そのものだった。故国日本の町でいつも出会った温かな人情、優しい思いやりとまったく同じものだった。それらは間違いなく、分け隔ての無い平和を願う人間の心を映し出している。それを理解しながらも日本軍兵士としての俺は、結局彼らに背く方向にばかり行ったように思われてならない。

そのように人々の心を裏切り、ないがしろにする戦争ないしは国策のために、俺のような若者がただ使われるだけであったとすれば、一体俺の人生とは、悔やんでも悔やみ切れぬ、哀れんでも哀れみ切れぬものでしかないではないか。

ああ、このハルマヘラの海に至って、俺は俺自身について、もはや何もなし得ぬ身の、命運尽きたことを悟らねばならないのだろうか。

すでに母を悲しみの底に沈め、父の期待を裏切り、兄弟をも失った俺は、今や海の藻屑《もくず》のごとくうち捨てられたも同然で、これが俺に与えられた最期の姿であると知らねばならぬのだろう。俺はそういう最期を、それが俺のような兵隊の末路として、ふさわしいことを認める以外にないのだろう。

だが、せめて、俺は最後まで両手を動かし水を掻いて陸地を目指し続けよう。そして俺のこの思いを、南の海の果てから故国日本に向かって届ける意志を、力の限り表そう。

その力の尽きたところが、俺の死に場所なのだ。例え海の藻屑となって消えようとも、そうすることが父母の思いに外れないことを信じ、精根尽きて死に至る姿を捧げよう。

（了）

銃を捨てる

朝早いうちから敵の偵察機が高い空に現れては遠く近く飛び回る。それがなくとも、気まぐれとしか思えないような一機または二機の爆撃機が、いきなり低空で来て爆弾を落としていく。その度に敵機の方向を見定めて避難するのはさして難しいことではないが、何だか、からかわれているような気がしてきて、いい加減にしてくれと怒鳴りたくもなる。

ブバレー島ではそんな日が何日も続いた。

ブバレーを含めてハルマヘラ島周辺の各基地では、弾丸を無駄に使うなというダルの連隊本部からの命令のもと、敵機の姿が上空にやって来ようとも一々大砲を向けて迎え撃つことはせず、日々対空監視を厳重にしてただひたすら堪え続けるのみだった。敵機の挑発には断じて乗らず、焦る心を抑え、最後の決戦に備えて、敵の総攻撃のときを待つ意志だけがすべての支えだった。

それがある日、敵の動きがぴたりと止んで空はただ青く輝き、辺りが妙な静かさに包まれるような感じがした。一体どうしたというのだと、対空監視に出た者だけでなく、部隊の者皆が思わず首を傾げてはまぶしい日射しの空を仰ぎ見た。

敵の動きが何も感じられないということが、かえって兵たちを不安な気分に落とし込む。無音の空から感じる敵の変化を口に出さずにはいられず、午後になると、たちまち部隊内に異様な騒ぎとなって広がった。

誰かが、英米連合軍が降伏したのではないかと言い出した。そうだ、日本軍が力を保持して相手の様子を見つつ耐えてきた成果が出たのだ、と主張する者もいた。

するとその話はあっという間に拡大して、あちこちで皆唾を飛ばしてその議論に熱中し出した。対空監視の当番だけは怠らぬものの、食堂に集まって繰り返し議論しては騒ぎ、そのうちに、普段はあまり飲む気にもなれなかった「サゴイル」という地元民からもらった酒を出してきて、「勝ったぞ」「酒だ、酒だ」と叫び出す者がいる。そうなると何かの堰《せき》が切れたかのようになって、皆で「乾杯だ」「乾杯だ」とやたらと大声を出し合って酒を飲み始めた。

しかし藤田隊長は、時折いぶかしげに一人空を見上げたりするだけで、酒を飲む気にはならないらしく、部下の騒ぎに対しても何も言わなかった。隊長のそういう様子も異様という他はなく、それに一層刺激されでもしたように、部下の兵たちはますます興奮して勝手な議論をし出す。

皆隊長に構わず、酔いが回ると歌い出し踊り出し、とうとう「どじょうすくい」の狂乱にまで及んだ。その輪の中心には上州出身の高橋一等兵が、褌一つの腰に椰子の葉を巻き付けて得意の身振り手振りで踊って皆を喜ばせた。手拍子も囃《はや》しも一つになって熱狂はいつまでも止まず、とうとう皆疲れ切って、そのままその場に眠り込んでしまうのだった。

翌日の朝は皆いつものように起き出したが、前夜の酒の醒《さ》めたあととあってか、呆けたような顔をして互いに無言に終始した。朝飯にタピオカの団子とカボチャの茹でたのを黙々として口に入れたあと、対空監視に出る者以外は部屋にも帰らず、なすこともなしに食堂に残っていた。

そしてその朝も、敵機は何も現れず、特別な情報もこなかった。

藤田隊長は相変わらず、

「本部から何も来ておらん」

と言う以外に一言も発せず、そうなると皆不安感を隠しきれず、ひどく生真面目な雰囲気に包まれて押し黙るばかりだった。

だがその日、即ち昭和二十年八月十六日の午後、ダルの本部から指令を受けたブバレー島守備隊長の長野大尉が、急遽ブバレー守備隊全員に召集命令をかけたのである。

このころブバレー島の守備隊は、野砲隊の藤田隊十一名を含めて五十名を超え、兵舎も三箇所に分かれていた。長野隊長のもと、モロタイ島の敵をにらんでハルマヘラ島一帯の基地と共に、来るべき決戦に備えていたのである。

守備隊の集合場所は藤田隊の兵舎からも近い小さな台地で、以前日本兵の誰かが造った小さな祠《ほこら》があることから「ブバレー神社」とも呼ばれているところだった。そこは集合場所として普段も必要に応じて使われていたが、今回の召集は「正装して」ということでもあり、隊員はすべて各自雑嚢に押し込んであった軍服を取り出して身に着けつつ、ただごとでないという緊張感に包まれていた。

この日、長野隊長は誰よりも早く集合場所に来て自分の場所に立っていた。彼は相当年かさの大尉で、例のごとく、日本軍と共に骨を埋める覚悟と見える厳しい目つきである。ブバレー神社の祠の周囲にはパパイヤが生い茂っていたが、晴れ渡った南国の熱い日射しは、次々と集まってくる兵たちをパパイヤの葉の隙間から強く照りつけていた。

軍服の正装に身なりを整えた守備隊全兵士が祠の前に整列し終わると、長野隊長がいつものように一段高い岩の上に立った。そして沈鬱な顔を左右に向けて全員の姿に見入ってから、目を落としてしばらく無言だった。やがて重い口が動き、低い声が響いた。

「隊長は今、冷静を欠いている……。だが諸君は、冷静に聞き、冷静に判断してもらいたい……」

途切れ途切れのようにそう言うと、また、じっと俯《うつむ》いたまま次の言葉がなかなか出てこなかった。

一体どうしたのだ、何があったのだ、と皆隊長の顔を見つめ、極度の緊張に押し黙った。

ようやく顔を上げた長野隊長はいつもの厳しい表情に戻り、全隊員を見回してはっきりした声でこう話した。

「今までも諸君はよく命令に服し、あらゆる困難、あるいは危難にも耐えてよく戦ってくれた……。しかしながら今次戦争においては、物資豊かなアメリカの物量作戦に加えて、内地には、新型爆弾が二発投下された。この爆弾の猛威に立ち向かうためには、内地は全地域焦土となることを覚悟せねばならぬ。強いて内地決戦を敢行するとなれば、老若男女の犠牲は計り知れず、なおかつ勝敗のいかんは神のみの知るところであって、その結果は計りがたいのである」

ここまで一気に言ってから隊長は一息ついた。そして再び正面に顔を向けた。

「畏くも天皇陛下におかせられては、かかる戦況を深く御心配御憂慮あそばされて、御聖断を下し給うたのである。そのお言葉の中にも『堪え難きを堪え、忍び難きを忍び』と仰せくだされておる。諸君はよく、その大御心《おおみこころ》をもって心となし、堪え難きを堪え、忍び難きを忍んで、必ずや内地に帰り、長期戦争に疲弊し果てた国家の、今後の建設に当たってもらいたい」

隊長はそこでまた一息ついてから、おもむろに話を続けようとした。次第に声が震えてくるのを懸命にこらえているのがわかった。

「これから後、我が軍の兵器は、その一切を連合軍側に引き渡すことになる。これについては追って命令があるが、そのための覚悟をしっかり持たねばならぬ。例えどのようなことがあったとしても、軽率な行動は厳に慎んでもらいたい。諸君らが全員、無事に故郷の土を踏むことのできるまでは、どうか、何よりも体を大事にしてもらいたい……」

そう言い終わると隊長は、前を向いたまま何も言わずに立ち尽くしていた。聞く者はすべて隊長を見つめたまま声も出なかった。

こうして長野隊長が立っていた岩から降りると、終戦宣言は終わった。日本軍は欧米連合軍に全面降伏したのである。そのことが宣言され、隊長の口からブバレー島を守備する全兵士に伝えられたのであった。

整列した兵たちはしばらくの間全員身じろぎもせず、前方に虚ろな視線を投げたままだった。壇を降りた長野隊長は、直立したまま真剣な目で兵たちの様子を見守り続けた。日本は負けて、戦争は終わった——。

その思いが、重々しい空気となってすべての者を押し包んでいた。

あちこちですすり泣くような声が起こった。中には、がくんと膝を折ってその場にしゃがみ込んでしまう者、地に手をついて嗚咽《おえつ》する者もいた。

やがて、そういう者を助け起こしたり、あるいは互いに肩を組み合ったりしながら、兵たちは皆それぞれの兵舎に帰ってゆくのだった。


このとき、藤田隊所属の飯坂清司二等兵は、向かって右端の列のいちばん後ろに立って、長野隊長の話を聞いていた。

彼がガレラの基地に砲弾を取りに行く決死の任務に加わったのは、二ヶ月ほど前のことだ。その帰途に海上で敵機の攻撃を受けて山崎伍長と川村一等兵の二人が戦死し、清司一人が生還したのであった。ブバレー島にあって三人の帰還を待っていた藤田隊長が、敵機の攻撃の様子を察知し、頃合いを見て高橋一等兵と西岡二等兵の二人に命じて救助の船を出したのだった。高橋らによって発見されたときの清司は、海面に浮かぶ舟板に俯せになって気絶したまま、波間に漂っていたという。まさに海中に呑み込まれる寸前だったに違いない。清司は戦友二人と砲弾を失った代わりに、九死に一生を得たのである。

そうして今、戦争が終わった。その事実は激しく彼を打った。

日本軍はとうとうアメリカやイギリス、オランダなどの連合軍に降参したのだ。戦況の不利は薄々感じ取ってはいたが、こうして明確に敗戦が示されてみると、その衝撃は堪えられぬほど大きかった。

長野隊長が話を終えて降壇すると、彼はただ呆然となって直立したままでいたが、不意に涙が込み上げ、抑えきれずに頬が濡れるに任せた。今まで信じ込んできたもの、それゆえに苦しみ堪え通してきたもの、それがすべて一気に取り払われたかのようで、自分の身のありどころもわからなくなりそうだった。

気がつけば、その場にいた戦友たちは皆涙を流し、嗚咽を繰り返していた。清司の前にいた同じ二等兵の西岡が、いきなり座り込んで顔を覆い肩を震わせた。清司の列のいちばん前でこちらを向いて立っていた藤田隊長も、口をへの字に結んで俯き、両手を突っ張って握り拳を震わせていた。

顔を上げた清司の目に、木々の間を通して濃紺の海の輝く眺めが見え、その向こうに浮かぶモロタイ島のこんもりとした影も見えた。あの島から敵の爆撃機が飛んでくることはもうないのだろうか。ふとそう思い、何だか信じられない気もした。

やがて居並んだ隊列が崩れ始めて、三々五々それぞれに兵舎に向かって動き出した。その様子を見つめて立つ長野隊長は、いつまでも自分の立ち位置を離れようとしなかった。

藤田隊の十一人は、ブバレー神社からの短い坂を下れば兵舎がすぐ目の前だったが、歩き出してもしばらくは皆ほとんど無言であった。

清司は他の者から少し遅れて歩き出した。すると、立ち止まって清司を待つ者がいて、近づくと振り返って声を掛けてきた。

「飯坂、貴様、本当に国へ帰れるんだぞ……」

感情を極力抑えて囁《ささや》いたその声は、見ると徳島軍曹だった。顔をくしゃくしゃにして笑みを浮かべていた。

「はい……。本当に、徳島軍曹殿には、とてもお世話になり……」

清司は思わず深く頭を下げて礼を言った。声が震え、新たな涙で目が熱くなった。

徳島軍曹は、以前清司が左足の脛《すね》に悪質な潰瘍《かいよう》ができたとき、うむを言わさず焼けた鎹《かすがい》を用いた荒療治をして、彼を救ったことがある。もう五ヶ月ほど前のことだが、その後ガレラへ急行する決死隊の任務があって清司一人が瀕《ひん》死の状態で帰還したときには、いち早く消毒薬を持って駆けつけ、清司の脛の傷跡を気にかけてもいた。それは衛生担当としての任務のうちでもあったろうが、清司は涙が出るほどありがたかったのである。

徳島軍曹は清司の肩に手を掛けんばかりにして、

「わかった、俺のことは大丈夫だ、気にしなくていい。とにかく貴様はまだ若いんだ。命を大事にしろ。必ず国に帰るんだぞ」

と早口に重ねて言うのだった。

その言葉に溢《あふ》れる真情が清司には身に染みてうれしかった。

大体清司は、自分が生きながらえてここにいるということ、そして長野隊長の終戦宣言を聞いたということ自体、あり得ぬことのように思えてならなかった。決死のガレラ行きから彼一人が生きて帰ったことを思うにつけても、自分がこのまま生きて国へ帰ってよいのかという疑いさえ持ち続けていたのだ。

それが徳島軍曹の言葉で洗い流されたようになって、彼は、生きて帰るという、自分に与えられた現実に改めて目の覚める思いがしたのであった。

見上げると、頭上にはパパイヤの緑の葉が生い茂り、風に揺らぎ、その上には真っ青な空がある。目に染みるような美しさを彼は感じた。そして、今までそんなふうに景色を眺めたことはなかった、ブバレーの自然の眺めがこんなふうに生き生きと輝いて見えたことはなかった、と清司は思った。

徳島軍曹も彼と並んで立ち、パパイヤの木とその上に広がる空を潤んだ目で眺めていた。

生きて帰るんだ、生きて帰って俺がやることは幾らもあるんだ、と清司は何度も自分に言い聞かせた。

兵舎に帰ると、まだ夕食には間があったが、皆早めに食堂に集まってきた。まだ涙を抑え切れぬ者もおり、言いようのない興奮がすべての者を落ち着かない気分にさせていた。

「新型爆弾が投下されたそうだが一体どんな爆弾なんだ」

「勝った連合軍と講和談判をすることになるのか」

初めのうちはこの二点が話題の中心だった。けれども極度の情報不足のためどちらもはっきりした話にはならず、最後には、

「ついこの間まで必ず勝つと言っていたのに、日本は一体どうして負けたのか」

悔し涙を流しながら同じことを、互いに繰り返し言い合うばかりだった。

いつものごとくタピオカと甘藷《しょ》で夕食が済むと、その日は皆疲れて早く寝たが、それでも空と海を見張る監視哨《しょう》の当番を欠かすことはしなかった。まだ新たな命令は何もなく、戦争がどんなふうにして終わるのかもよくわからない。敵機は来ないとわかっていても、何となく不安感もあり、やはり監視哨をやめることはできなかったのだ。

翌日になっても連合軍側の動きは何も伝わらず、空も海も静かであった。

こんなはずはない――兵たちの間に、またそんな疑心暗鬼が湧き起こってきた。これは敵の謀略ではないか。戦争が終わったかに見せかけて、すっかり戦意喪失したところを狙って一気に叩《たた》きつぶそうとしているに違いない。

もしそうだとしたら大変だ。兵器の準備をしておこう――。

そういう声が広まって、皆、急に武器の手入れをし始めた。藤田隊は野砲兵の部隊であるから、清司も仲間と一緒になって二門の大砲の砲身を必死に磨いた。それらは数日続いて何となく止んでいったが、しばらくして、また自身の持つ武器の手入れに熱中し出す者はあちこちにいた。自分たちの身がどうなるかわからないという不安は隠しようもなく、とにかく武器を手放さずに何かしていないと落ち着かなかったのだ。

それとは全く別に、不意に軍事教練が始まったのには清司も驚いた。敵の空襲がないなら安心だという変な軍事教練でもあったが、誰に強制されるでもなく、これも不安な気持ちを落ち着けるべく自然発生的に始まったのだった。十人足らずで集まってほとんど一日中、狭い島内を駆け回ったりして号令や掛け声を響かせていた。何日かすると、またそれも止んで静かになるという具合だった。

清司は、軍事教練には一度出てみただけでそれ以上参加しなかった。むしろ彼は、軍事教練などの騒々しさが消え去ったあとの、ブバレー島の静かな夕暮れの眺めに気を引かれた。また、特に南国特有のスコールがあったあとの椰子《やし》の葉の輝きや海岸の夕景を、まるで初めて見るもののように眺め続けた。そして不意に襲ってくる涙を、必死に堪《こら》えようとしていた。そんな自分が不思議な気もしたから、彼は他の誰ともそういう話はしなかった。

終戦宣言があってから二ヶ月ほど経った十月十七日に、ようやく、ダル本部からブバレー島守備隊に撤退命令が届いた。

粗末な兵舎で食うや食わずの状態のまま、気が変になってもおかしくないような日々が続いていたのだが、いざ撤退命令が出ると、すがりつくようにただ黙ってそれに従った。それからは皆、「国に帰れる」という思いが頭を離れなくなった。

ところが野砲部隊の藤田隊には特命が付いていて、「砲台を分解して撤退せよ」というのであった。そのまま敵に譲り渡すわけにいかないというのはわかるが、敵の空襲を受けながら苦心して造った二門の砲台を、ただの一度も発砲せずに、造った自分らの手で破壊することになったのだ。無性に虚しさばかりが込み上げたが、国に帰る望みと引き替えとあればやむを得ず、ただ無言で命令に従うだけだった。こうして、多量のセメントを費やして造った堅固なトーチカは、丸一日かけて総出でたたき壊し瓦礫《がれき》の山となり果てた。

大砲こそ撃つ機会はなかったものの、その台座としてのトーチカは何度も敵の爆撃を凌《しの》ぐ避難場所として役立ってきたのだ。その取り壊しに掛かる藤田隊の面々が、皆気が重くなるばかりだったのも無理はない。だがその作業が進むにつれて、逆に不思議な解放感に包まれていったのだ。ハンマーを握る手にも力が入り、コンクリートの破壊を楽しむような雰囲気まで生じてきた。もうこんなものは必要なくなったのだ、そう思うことは喜びでさえあった。最後に作業の終了が確認されたときには、皆そろって思わず雄叫《おたけ》びの声をあげ、生き生きとした目と目を見交したのだった。

こうして藤田隊はようやくブバレー島を撤退し、ハルマヘラ島のダルへ移動した。ダルは海沿いの集落だが、兵舎はそこから少し離れた山間にあり、平屋建ての棟が大木の陰に幾つも並んでいた。それはどれも故国を思わせるしっかりした板張りの建物で、藤田隊の面々に安らぎを感じさせずにはおかなかった。

そうしていよいよ、連合軍に自分たちの武器をすべて渡すことになった。明日それが実施されるという日、藤田隊長が隊員に向かって言った。

「これで我が藤田隊も最後となる。敵側に武器を渡すについては、日本軍人としての誇りを忘れず、きれいにして渡すようにしたい。それが最後に俺の言いたいことだ」

藤田隊長にしては妙に落ち着いた厳かな言い方に聞こえた。聞く者は皆、隊長の言うとおりだとばかりに真面目な顔をしてうなずき、早速自分の銃を取り出して磨き始めた。

清司は、武器を敵に渡すとは無抵抗の意思を示すということだろうと理解していたが、軍人の誇りと聞いて、なるほどそういうことも確かに学んだと思い出した。そこですぐに自分の銃と帯剣を持ってくると、仲間と一緒になって懸命に磨き出した。

銃も剣も、初年兵訓練のころは毎日磨かされ、少しでも曇りがあるとその度に下士官から怒鳴りつけられ、ひどく殴られた。それを思い出すとますます必死に、念入りに磨き上げずにはいられなくなる。

磨き終えて、清司は自分の銃と剣をつくづくと眺めた。自分の身を守りあるいは戦う武器としていつも必死に抱えていた銃を、こんなふうに敵にそっくり渡すときが来るとは思っていなかった。これで俺は武器ともお別れだと思ったら、何だかひどく寂しい気もした。

しかし毎日上官からやかましく言われ、殴られてはさらに手入れしていたものがすっかりなくなるのだと思ったら、かえって心が軽くなり、楽になるのも確かだった。そんな気分を味わったのは初めてだった。

そこへまた命令が来て、すべての銃と剣をそれぞれ指定された場所に集め、束ねることになった。清司は磨いたばかりの銃と帯剣を指定された場所に持っていって、軽く放り投げようとしたが、瞬間それを抑えて、銃も剣も一つ一つ右手に持っては丁寧に置いた。

清司の兵役は二年足らずで終わることになったが、その間、威嚇《かく》や脅しのために銃を撃ったことはあっても、人を狙って撃ち殺したことは、ついに一度もなかった。それは彼自身、兵士として少しも自慢にはならないと思っていたが、今になってみれば、つくづくそれでよかったのだと思われてならない。用を終えた自分の銃を、清司はいたわりたい気持ちにさえなるのだった。

他の者たちもほとんど同様で、思わず立ち止まってしげしげと銃を眺め、あるいは握り直してそっと置くのだった。清司の銃は次々と置かれる他の銃の中に埋もれていって、じきに見えなくなった。

集められた銃は、重いので十本ずつ縛ることになった。どれも皆ほとんど同じ型の三八銃だった。日露戦争以来の日本の銃だという。それらを束ねていると、清司は、妙にしみじみと敗者の実感に襲われるのを感じた。

次に清司が束ねようとした帯剣の中に、かつて何度も目にした威張った将校の指揮刀があるのを発見した。それが、初年兵や下士官などの帯剣とごちゃ混ぜになって束ねられようとしている。瞬間、これは何かの間違いかと清司は思った。

しかしそうではないのだ。清司は、その薄汚れた指揮刀が戦争に負けた者の運命を示しているような気がし、戦争がなければ軍人の威厳も無意味になることを知った。

束ね終わるとそれらの銃と剣は一箇所に集められ、向きを揃えて積み上げられた。

こうして、敗戦とともにダルに終結したハルマヘラ全島の兵約五百名の所持していた銃、帯剣その他の武器が、すべて集められて小山のように積み上げられたのだった。清司は思わず唖然《あ》となってその武器の山を眺めた。

ふと彼は、炭焼き小屋の脇に高々と積んであった薪の束を思い出していた。何年か前に親類の者と一緒に那須の山奥を歩いたときに見た光景だった。それはきちんと束ねて積み上げられていたが、すべてただ燃やされるためだけにある薪の山だった。

なんだ、あの薪の山と同じになってしまったのか。清司は思わず笑い出したくなった。俺はもう銃も剣も捨てたのだ。そういう思いが、清司の心にはっきりと浮かんでいた。

そのとき清司のそばで、同じ二等兵の西岡もそれらを立って眺めていた。

「何だか、おまえ、今笑ったみたいだな」

と西岡が言った。そういう西岡も半分笑いかけたような顔だった。

「そうか、そう見えたか。これですべて終わったという安心感かな……」

清司はそう言って相手の顔を窺った。ただの安心感とはちょっと違うという意識が、清司にはあった。

「うん、何だか、一言で言えない気分だな。まさか、こうなるとはな……」

西岡はそう言って黙り、銃や剣の山を見つめた。その表情にはいつもの緊張感とはまるで違う、惚《ほう》けたような笑いの影があった。

俺たちには命令する者がいなくなるのだ、と清司は思った。そういう解放感を、俺たちは得ようとしている。しかも銃や剣がなくなれば、それを笠に着て威張る者も、部下をやたらと殴る者もいなくなる。そして、人を殺す者もいなくなるだろう。そうだ、武器がなくなれば軍隊も戦争もなくなる世の中に、きっとなるに違いない——。

この単純な論理が、清司にとってはひどく新鮮で力強いもののように思われた。

やがて連合軍のトラックがやって来て、十数メートル離れた場所に止まった。降りてきたオランダ兵がこちらを見て手を上げ、何か合図している。積み上げた武器の束を運んでこいと言うのだ。

その辺りにたむろしていた二十人余りの兵は藤田隊の者だけではなかったが、互いに気を合わせてすぐにオランダ兵の指図に応じ、武器の束を一つずつ担いで運んだ。トラックの前には二人のオランダ兵がいて、日本兵から武器の束を受け取ってはトラックの中へ投げ込んでいった。

まさに廃棄物そのものとなってトラックに投げ込まれる銃や剣の束を見ているうちに、不意に、清司は瞼《まぶた》が熱くなるのを感じた。それは耐え難いほどの悔しさと無念さと言ってもよかった。投げ込まれる武器の束が、自分自身であるような錯覚に襲われていた。気がつくと、一緒に運んでいた西岡も唇を歪め目は涙に濡れていた。他の者も同様で、中には呆然と立っていつまでもトラックを見つめたままの者もいた。

しかし誰も、武器の束をトラックに運ぶのをやめようとはしなかったし、ためらったりする者もいなかった。武器を捨てることに未練を持つ者は一人もいなかったのだ。

連合軍側に武器を渡す作業が終わって兵舎に帰ると、清司は肩が軽くなったような気分になった。だが、戦争に負けて降参した捕虜の身になるのだと思うと、これから先どうなるのかという不安感の方がはるかに大きかった。あてがわれた部屋で過ごす間も、皆いつもに似ず会話は少なく物静かな雰囲気だった。あとは国へ帰還する日を待つのだと思いはしても、それについての見通しはまだ何もわかってはいないのだった。

翌日から、そのダルの兵舎もオランダ兵の取り仕切る捕虜収容所となり変わり、清司たち日本兵の閉塞的な捕虜生活が始まった。

朝昼夕と毎日三度の召集が掛かり、もたもたしていると監視のオランダ兵から銃の先でひどく小突かれた。もちろん、些《さ》細な抵抗も禁物である。限られた兵舎の中で捕虜らしく従順に過ごす以外にない毎日となった。

　そうした中で、今連合軍側では戦犯を決める協議をしているのに違いないと言う者がいて、これが皆の大きな関心事となった。

　日本軍の全面降伏後、捕虜となったハルマヘラ島守備隊の総責任者になったのは、ダルの本部にいた石井師団長である。彼は責任感も強く部下思いの人らしく、最後の一兵に至るまで全隊員の帰還を確認してから帰ると言ったらしい。だが実際には、日本兵の帰還に尽力しながらも結局は残留部隊の長として残されたあげく、師団長他何人かが戦犯にされるのではないかという話も伝わった。戦犯にされれば死刑になるか、さもなければシベリアに連れていかれてツンドラ地帯で重労働をさせられるかもしれない。石井師団長と共に残された者は、どんなに軽く済んでも、しばらくは日本に帰ることはできないだろうというのだった。いずれにしても、戦犯の話は皆を暗い気分にさせるばかりだった。

　それでも日が経つうちには収容所生活にも次第に慣れてきて、少しずつ落ち着いてきたのも確かだった。

　毎日やることといえば、自分たちの食糧確保も含めた野良仕事の他、何日かおきに道路整備や開墾などの使役があり、命じられれば拒否はできなかったが、気慰みにもなった。

捕虜管理上の理由もあって、限定的な自治活動も認められるようになると、捕虜の生活も次第に活発化して明るい雰囲気も出てきた。

早速生まれた「新聞班」は連合軍側の肝いりでもあったが、それが最初に大々的に伝えたのは、広島や長崎に落とされた新型爆弾の悲惨な被害の事実であった。さらに東京を始めとする諸都市の焼夷《い》弾による戦災被害の概況なども伝えられ、皆あまりの事態に驚き、言葉を失った。だがそれもじきに故国への新たな思いに取って代わり、帰国の日を待ちわびる気分が定着していった。

だが、戦犯の問題もさることながら、日本全土における戦災も過大を極める状態の中で、復員兵の帰国に必要な輸送船や帰着港を用意すること自体が、並大抵のことではなかったのだ。南海の果ての島の基地で連合軍の捕虜となった兵たちに、そう簡単に帰国の日がやって来るはずもなかったのである。

絶望したり悲嘆にくれる者たちもいたが、ともかく帰国の日まで時間はかかろうとも、堪え忍ぼうと言い交わす他はない。そうしているうちに、何人か集まっては故国への思いを語り合い、あるいは以前覚えた流行歌を合唱するような雰囲気も出てきた。やたらと大声を出して歌いながらしきりと涙を流す者も多かった。

そうなると新聞班では事足りず、自ずと様々な演芸班が生まれ、束の間の暇つぶしとして軽演劇の類が特に人気を博した。演じる舞台や観客を集める場所が欲しいということになり、オランダ兵の助けも得て、ダルの町はずれの砂浜に「ダル劇場」が生まれた。砂浜をそのまま観客席にした掘っ建て小屋みたいなものだったが、舞台の装置や大道具小道具などは、兵隊の中にいる大工や電気工がその都度知恵を絞ったから、それなりにしっかり役立つできばえだった。現地住民に対しても開放的だったから日本兵の人気も高まった。

ダル劇場の開演する日はいつも大入りで、毎回舞台に登場する人気者も生まれた。次第に演目も増え、軽演劇の合間に落語のような小話や漫才のようなものが挟まれたりした。それら出し物の中で人気のある題材は、やはり歌舞伎や新派、新国劇、あるいはオペレッタなどの名場面で、特に女役が大持てであった。

演芸班の面々は毎回苦心して思いつく限りの題材を次々に演じ、観客は皆いつも夢中になってそれを見、笑い興じて時を過ごした。彼らには戦争や軍隊での辛い体験が様々にあったが、収容所で帰国を待つ捕虜の身では、ただそれらのすべてを忘れて時を過ごすこと以外に考えられなかったのである。

戦争終結がどんな形になるかということについての情報は、収容所内の「新聞」を通じて少しずつ入ってきたが、かつての軍国日本は壊滅的になりそうだと知るにつけて、愕然と肩を落とす者もいた。アメリカを中心とした連合国側には、この機会に日本軍隊のすべてを徹底的に否定しようとする狙いもあったのだ。

捕虜収容所内では、軍隊における階級章などはもちろん、軍服も不用なものとなって、皆一様に現地住民同様のシャツやズボンの姿になっていた。その方がかえって過ごしやすいとも言えたし、軍隊内の上下関係が無意味となれば次第に気楽な雰囲気も広がっていく。

だが一面、かつての将校、あるいは下士官であった者、または年長の古兵などは、すべてその立場が失われたのであるから、表面的な人間関係にも変化を与えずにはおかなかった。当初のうちは下位の者との間で戸惑いや些細な衝突を繰り返し、それらは日常茶飯事といってもよかったが、ときには暴力事件になるようなことも起こったのだ。

それは大抵、入隊して三年か四年以上の古兵が絡んでいた。相手は大抵下士官か、そうでなければ年下の二年兵か初年兵で、以前あったひどい暴力に対する我慢できないゆえの謝罪要求か、さもなければ恨みから発した仕返しが意図されていた。敵の捕虜となり収容所に押し込まれて、表面は従順であり物静かであっても、軍隊生活の中で長い間抑えつけられてきた様々な鬱屈した思いは、戦争さえ終われば一気に吐き出し口を求めないではいられないこともある。それはまた、軍隊内部の陰惨な暴力装置が図らずも暴露される場面でもあった。

戦犯問題への危惧もあり、戦争の経過に関するような話をすることも収容所内では慎むべきであることを、早くから内々で了解し合ってはいたが、日が経つに連れて軍隊生活の個々の体験が少しずつ、思い出話のようになって出てくるのは致し方ないことであった。それでなくても退屈紛れを求めずにはいられぬ日々であるから、清司にしても、毎日自ずと気ままな会話のできる相手と過ごすことが多かった。たむろする場所はどこでもよかったが、話の中味によっては、監視兵の姿を目にしたら直ちに話題を変え、あるいは会話を中止する必要があった。実際、そういう内輪の話に、連合軍側がどんなふうにして聞き耳を立てているか、思い知らされる事態も次々に起こったのである。

「あれほど勝つ、勝たねばならんと言っていた戦争に負けたんだから、その責任がどうなるのかが問題だ。軍の指導者は皆腹を切るんだろうな。なにしろ戦争になれば上に立つ者の命令が絶対だものな」

陸軍で兵長だった男はそういうことを繰り返し言って、周囲の同感を誘おうとした。それはまるで、オランダ兵にも聞かせて同情を得たいという様子にも見えた。その場に居合わせていた者は皆彼の話にうなずきはしたが、その男自身が前線に出て実際に何をやったか知る者もいて、部下に対しあるいは現地人に対して働いた罪から逃れたい一心なのだろうと、あとで密かな噂《うわさ》も流れる始末だった。そしていつの間にか、その男の姿は収容所から消え去ったのである。きっとオランダ兵に連れ去られ、別の場所できつい尋問を受けているのではないかと陰口をされ、そういう想像が的はずれとも思えなかった。

「俺なんざ、軍隊に入って三年目だが、初めのうちは殴られどおしだった。それでもう、どうにでもなれと思って何でもやってやろうと思ったもんだから、しまいには、現地調達なんかには勇んで出ていったもんだぜ。詳しいことは言わねえが、結構おもしろかったよ。強い軍隊なら嫌なことばかりじゃねえっていうことさ」

そう声を低めて語って笑った男は、いい気になりついでに、現地人に対する暴行を臭わせる話もしかけたが、さすがに場所柄に気づいて口をつぐんだ。だがこの男も、数日後に清司が気づいたとき、収容所内にその姿が見えなくなっていたのである。

所内では監視のオランダ兵があちこちにいて、捕虜一人一人の動きや会話などに注意を払っているのは皆気づいていたが、捕虜内部に密通者がいるかもしれないと疑われる事態もあったのだ。壁に耳あり障子に目ありと、注意喚起の囁きがしきりと流れた。戦争犯罪の事実を掴んで重罪に処するのは、戦勝国の絶対的権限であることを改めて思い知らされ、以前軍隊でどの階級にいてどの部隊でどこに行ったというような話も、すべて軽々しく口にするわけにはいかなかった。

清司が何人かの者と部屋にたむろして、雑談をしていたときのことである。部屋の外で、こちらへ近づいてくる話し声がして、一人が急に声を荒げて言うのが聞こえた。

「軍曹だか何だかしらねえが、自分のやったことについて言い訳一つできねえとも思えねえぜ。はっきり言ったらいいじゃねえかっ」

そう言った男の、怒りに震えた顔が、数メートル離れた清司の位置からもはっきり見えた。清司と同じ部屋にいる岸井という古兵で、一等兵だがすでに三十に近い歳の男だった。

そしてその岸井の相手はどうやら、隣の部屋にいる同じ歳ぐらいの武田という陸軍軍曹であった。

「わかった。まあ部屋で話すのもいいが、そう大声を上げてはまずい。あちこちへ筒抜けではないか。貴様もそれぐらいわかるだろう」

武田は岸井を静まらせようとして懸命に声を抑えて言うのだが、岸井はなかなか収まりそうにない。

「俺がおとなしく言っても、相手にしようとしなかったのはそっちだろう。いつまでも威張っているつもりなら、こっちにも覚悟があるぜ」

そう言って岸井が目を剥いて身構えたので、周囲に来ていた数人の者も本気で制止しようとした。すると武田が急に態度を改めて、同年輩の岸井を諭すように低い声で言った。

「岸井さん、と言ったな……」

軍曹だった男にそう呼びかけられて、目下の一等兵だった岸井は思わず怯《ひる》んだ。

「ここは収容所なんだから、収容所の掟がある。こんなところで昔のことを取り上げて感情的になるのはよくない。我々は日本人として恥ずべきことのないようにしたい。どうかわかってくれ」

武田は、年上の者が説き聞かせるような落ち着いた言い方をした。だが、それがかえって一兵士に過ぎなかった岸井を刺激したのも確かだった。

「俺は、ただ、本当はどうだったんだと聞いただけじゃねえか。答えたっていいじゃねえか。そんなことを言って、それで終わりにしちゃおうっていうのかっ」

武田を真っ正面からにらみつけた岸井の声は急速にうわずっていき、最後には体を振り絞ったような激しい怒鳴り声になった。

そこへ、不意に二人の監視兵が銃を持って現れた。すでに近くまで来ていて、様子を見ていたらしい。そしてすぐさま、二人して岸井を捕らえ、両側から抑えて連れ去った。

だが激高した岸井は監視兵の言うままにはならず、その武田に対する不満を叫ぶ大声が二度ほど、清司たちのいる方まで聞こえてきた。

その直後に、建物の向こうから二発の銃声が聞こえた。間もなく二人の監視兵が戻ってきて、部屋に居合わせた者に向かって銃を構えながら、岸井が直ちに銃殺されたことを伝えた。その監視兵の一人は年も若く、今にも発砲しそうな必死の目つきに見えたので、捕虜たちは二人が帰るまで身動き一つできなかった。

監視兵の姿が見えなくなっても武田は何も言わず、その後もいつまでも押し黙って俯いたままだった。

あとで、事情を知る者が武田のいないところで話したところによると、以前、武田（まだ伍長であったころだが）が、そのころ二年兵だった岸井を生意気だと決めつけて、他の兵の見ている前で相当制裁を加えたことがあった。武田は岸井を殴りつけた上に「蝉の真似をしろ」と命じ、岸井がそのとおりにすると何度も違うと言ってはさらに殴りつけた。岸井は顔中赤く腫れ上がり、最後に「ご教訓有難うございました」と言わなければならなかった。

岸井はそのときの屈辱をずっと根に持っていたらしい。その後所属する部隊は違っても、こうして収容所で顔を合わせれば互いにすぐわかった。二人が衝突する発端は、武田が何人かと故郷の村の思い出話などしていたところへ岸井が不意に入ってきたときで、岸井は武田に目を向けながら、「俺も山梨だから蝉のことはよく知っているが、蝉の真似っていうのはどうやればいいんでしょうかねぇ」と、親しげな笑いさえ浮かべて言った。武田はむっとした顔をしたまま答えなかった。あとは岸井が抑えていた感情を爆発させ、武田はなだめるより他になくなったというわけであった。

ある日の昼過ぎのころ、兵舎の裏手に出て海を眺めようとした清司に、向こうからやって来た男が声を掛けてきた。見ると藤田隊長だ。もう隊長と呼ぶ必要はなくとも、清司にとってはいまだに威圧感を無視できない相手であった。

「よお、飯坂。貴様、ときどきここへ来て海を眺めるらしいな」

「ああ、こんにちは。隊長もよくここへ来られるんですか」

清司がおずおずと応じた。面と向かえば今でも隊長と呼ぶ以外になかった。

彼は収容所に入って以後、藤田とまともに顔を合わせることをできるだけ避けてきた。藤田隊に所属した部下の一人として、戦争が終わったからには、一言藤田に礼を言って別れなければならないだろうということは頭にあるが、ことさら親しく話をすることは何もないような気になっていたのだ。

藤田は年齢では清司より十幾つか上だが、軍人によくあるタイプの筋肉質の厳つい体つきで、皮膚の分厚い感じのする赤ら顔にいつも鋭い目が光っている。そして何よりも入隊直後、泰安の兵舎で靴の揃え方が悪いと言ってひどく頬を殴られた思い出が、清司にはある。そのとき清司は口の中を切って血反吐《へど》を吐き、あとで何度も口を濯ぎながらも、体の震えが止まらなかった。その後も彼は古兵らから何度も殴られたことはあるが、藤田に殴られたとき以上のショックを受けたことはない。

バシー海峡で吉田丸が沈没したあとの、第五中隊生き残りとして藤田隊に組み入れられて以後、清司は忠実な部下となって働き、藤田に殴られるようなことは一度もなかったが、彼の頭には常に藤田の鋭い目が光っていたかもしれない。

今こうして、同じく捕虜となった身で顔を合わせて藤田の方から声を掛けられると、二人を結びつけるのは軍隊内の序列しかないことを思い知らされて、清司は思わず緊張するのだった。

「貴様は常に勇敢な兵士だった。そして俺の命令に従ってよく働いた。俺は今、それを感謝してもいいと思っているのだ」

藤田はそう言って清司の顔を見た。その目が妙に真剣のようでもあった。

「はい……」

清司は返事をして藤田の顔を見返した。だが「光栄であります」とも「有難うございます」とも、続けて言うべき言葉はついに彼の口から出なかった。

藤田は清司の目を見つめ、それから柔らかな笑みを浮かべた。それは清司が初めて見るような穏やかな藤田の顔だった。

「まあいい……」

と藤田が言って顔を背けた。

「俺は、ただ、貴様にそう一言、言ってやりたかっただけなんだ」

藤田はそう言い残して清司とすれ違い、去っていった。

あとに残った清司には、藤田という男の思いがけない情味を感じるよりも前に、振り捨てがたい違和感があった。

なぜ、藤田隊長は、今になってそんなことをわざわざ俺に言おうとしたのか、と彼は思ったのである。そして何よりも、藤田の目つきが気になった。

あの目は、俺に対してある種の疑いを持っていたことを示しているような気がする。例えば、以前藤田が清司をひどく殴ったことへの恨みを根に持っているのではないか、というような――。

もしかすると藤田隊長は、いつもそういう疑いを抱き続けていて、俺に後ろから銃を向けられるような妄想があったのではないか。それとなく俺を危険な任務に差し向けつつ、心密かに俺の死を望んでいたのではないか――。

今になって清司は、そういう考えの方が当たっているような気もするのだった。

実際、清司自身はそんなことには気づかぬまま、隊長の命令に従ってただ必死に働き、戦って生き抜いたとしか言いようがない。俺は兵隊なんだ、戦争の真っ直中にいるんだから仕方がないと、清司はいつも自分に言い聞かせていたような気がする。

藤田隊長は、どのような戦場にあろうとも果断さを失わなかった。その命令は一言で部下を極度に緊張させ、絶対服従を強いた。藤田という男は優れた統率力と勇断さを兼ね備えた軍人であったかもしれない。だが清司は、戦場にあって藤田のために働いたという気はしていない。ただ自分が兵士として生き抜くために必死だった。藤田に見下げられて罰を受けるようなことはしたくなかったのだ。こうして生き残ったのも、ただの偶然に過ぎないとしか言いようがない。本心は藤田隊長への恩義など、何ほども感じてはいないといってよいのだった。

清司は自分の手を目の前に広げて見つめ、握り拳を作って強く振った。そして思った。

俺は一度だって人を恨んだり、憎んだりして、そのために行動したことはない。天皇のため国のためという「大儀」を心の支えにして、懸命に生き抜いてきただけだ。教え込まれたその大儀だけが、俺の行動の支えだったと、言えば言える——。

立ち止まったままでいた清司が振り返ってみると、ゆっくりとした足取りで遠ざかっていく藤田の背を丸めた後ろ姿が、弱々しげな中年男のように見えた。

それから清司は、切り立った崖の向こうに海原が見渡せるところへ出て、しばらくの間、遙かな海と島々の景色を眺めた。今自分がもっとも望んでいることは、戦争が終わって藤田隊と縁が切れることかもしれない、と彼は思うのだった。

それにしてもあの海もこの山も、結局日本のものではなくなったのだと彼は気付かねばならなかった。いや、すべては元々そこに住んでいた人たちのものだったのだ。それを日本が自国の都合で奪い取ろうとしたから戦争が拡大したのだ。

彼にはそう考えることができた。ハルマヘラの現地人だって決してそんな戦争を望んではいない。オランダ人より日本人に支配された方がいいと、本当に彼らが思っているのかどうかだって、大いに疑問ではないか。清司の知った何人かの現地人の目にも顔にも、それは表れていたような気がしてならない。

そうしてみると、俺を支え動かしてきた「大儀」も、ここへ来て何だか底の浅い、怪しげな正体を見せてしまったと言うべきか――。

そういう考えが清司の頭に浮かんできて、何だか元の素直な自分が、本当に戻ってくるような気分になった。

兵舎の部屋に戻ったところで、同じ二等兵の西岡と顔が合った。一人で所在なく仰向けになって休息していた西岡は、清司の入ってくるのを見るとやおら半身を起こしたのだった。部屋には他に人はいなかった。

清司は、西岡と同じく藤田隊にいながらも、二人だけで話すことは滅多になかったのを思い出した。今し方藤田隊長と会ったことを西岡に話したいわけではなかったが、今ならばこの男とも話ができそうだと思った。

「向こうで海の景色を眺めていたら、俺は一体、何でこんなところまで来て戦争し続けていたんだろうと思った。こんなことを考えるなんて、俺はこのごろ、何だか少し変になったのかもしれないが……」

そんなふうに言いながら、清司は手摺りに片手を掛けて腰を下ろした。

すると西岡も清司の方に体を向け、空の方に目をやりながら言った。

「変にもなるさ。俺なんかも、さんざん殴られたりしてひどい目にあって、命なんかどうなってもいいと覚悟したのに、戦争が終わって、結局死にもせず、いっぺんに元へ戻ることになったんだからな……」

西岡は何かの思いに取り憑かれたように、そのまま空中の一点を見つめて動かなくなった。その目が急にどぎつく光りだし、息も止まったかのようになって頬が痙攣《けいれん》した。清司が驚くと西岡はそれに気付き、すぐに表情を崩して彼を見た。

「いや、失敬……」

気まずそうに笑ってから、西岡はこう言うのだった。

「この二年ばかりの間、俺はただ命令に従うだけで必死に戦い、それでも生き残った。だが戦争には負けたから、すべて何の役にも立たなかったも同然だ。この二年間をどうしてくれると俺は言いたいんだ……」

そう言って溜息を吐く西岡の顔を、清司はつくづくと見た。西岡の地団駄踏むような思いがよくわかる気がした。そして、こんなふうに自分のことを話す西岡を見たのは初めてであることに、今さらのように気づいたのだった。

西岡は歳が清司より一つ上で、藤田隊に入って以来、いつももっとも清司の身近にいる戦友でもあった。体は清司の方が大きかったが、動きの素早さは西岡が上だった。互いの歳と郷里のことと、普段の仕事など、一言ずつぐらい話したことはあったが、西岡は極度に口数の少ない男という印象で、何となく陰湿な感じがしてならず、清司は内心親しめない感じを持ち続けていたのだ。

「そうだな……」

と清司は一応西岡に同感を示しつつ、西岡とは違う自分のことも話す必要を感じた。

「俺は親元へ帰ったら、あとを継いで畳職人になるつもりでいた。ずっとそう思っていた。しかし、よく考えてみると、その親も、畳屋の店も、戦災にあっているかもしれないし、どうなっているかわからないんだ……」

清司はそう言ったが、それ以上話そうにも愚痴にしかならないのはわかっていた。

「そうかあ、おまえもそうなんだなあ。帰っても、何もなくなった焼け跡に、放り出されるだけみたいなものなんだよなあ……」

西岡は、清司の見慣れた気むずかしそうな顔とはうって変わり、悔しそうに口を歪《ゆが》めてつぶやくのだった。

西岡の郷里は神戸の近くにある町で、親は雑貨商をやっていると聞いたことがある。その神戸もどうやら焼け野原になったらしい。西岡の絶望感が、清司にもひしひしと伝わってくるようだった。

「やっぱり俺たちは、どっちみち、どん底に来てしまったらしいな」

清司はそう言ったが、心では、どん底から立ち上がる気力ぐらいはまだあると思った。

西岡は曖昧《あいまい》なうなずき方をしながら、きつい目で空を見上げていた。

その後も収容所内は、表向きは淡々とした日々の連続であったが、心中は皆、鬱々としてただ帰国の日を待ち続けるのみだった。そうした中で、ダル劇場の開演する日は朝から何となく活気に満ちていた。それだけが憂さ晴らしであり景気づけでもあったのだ。

ダルの収容所に入って半年過ぎたころのことである。連合軍側の命令によって、また新たな使役に狩り出されることになった。場所はダルの町に近いペテ湾の海岸で、かなりの人数による突貫工事だという。若い者から始めて年長者まで大量に指名され、清司も海岸の粗末な宿舎に仮寝しつつ毎日過酷な労役に出ることになった。

ところが、それがペテ湾に大きな桟橋を新設する工事だとわかり、それこそ帰還兵を乗せる輸送船のための乗船桟橋に違いないと大騒ぎになった。輸送船に一番先に乗るのはどの隊か、陸軍が先か海軍が先か、と皆興奮して毎日のように議論する始末だった。

たくさんの丸太を使った大きな新桟橋ができるまで、一ヶ月もかからなかった。そしてそれを待っていたかのように輸送船がやって来た。その輸送船はアメリカの船で、予想していたよりも大きな船だった。これならダルにいる兵隊は全員乗れそうだというわけで、陸軍か海軍かという話も影を潜めた。

ただ、当初から伝えられたとおりに、石井師団長はその直属の小部隊とともにダルに残り、責任者として全員の帰還を見届けた上で何らかの後始末に当たるということだった。

ダルからペテ湾までは山道を歩いて半日を要する。四月下旬、日本軍の兵士たちは順次収容所を出発して、各自徒歩でペテ湾に向かっていくことになった。

こうして、いよいよ待ちに待った故国への帰還が実現したのである。

収容所を出るに当たっては、軍の兵站《たん》部から靴や靴下、シャツなどがあり余るほどに支給された。在庫の官給品をそのまま現地に残した場合、それがあとで連合軍のオランダ兵に横取りされるのを、軍本部としても極力避けたかったのだ。しかし帰還に際して持っていける荷物は限られるから、結局兵士たちはそれらの多くをさほど使わぬまま焼き捨てたり、現地人が拾っていくのも予想した上で道端に捨て去ったりした。

清司も、新品をただで敵兵に取られるのは癪《しゃく》の種だと思い、必要なもの欲しいものを選び取って荷造りし、あとは惜しみなく使い捨てるなどして処分し、収容所を出た。出口に監視兵が数人いて、日本兵の一人一人を確認しているのがわかった。

ハルマヘラ島はどこへ行くにも、陸路では相当きつい山道になる。ダルからペテへの道は、最近になって自分たち捕虜が連合軍の使役によって整備したのであったが、最後にその道を歩くことになるとは誰しも思わなかっただろう。清司はごつごつした岩に足を取られそうになりながら息を弾ませて歩いた。この一歩一歩が、この島を離れ日本に向かうためなのだと思い、途中の休みも惜しむ思いで必死に歩いた。

ようやくペテ湾の桟橋に到着すると、そこにはついこの間自分たちが突貫工事で建てた小屋が三棟あり、それが帰還兵の検査場になっていた。

その辺りにはオランダ兵がいて、大声で日本兵を指図し、また手際よく検査を進めていた。次々とやって来る日本兵は、皆普段と変わらぬシャツとズボン姿で、荷物で膨らんだ雑嚢一つを肩に掛け、水筒などを手にも提げて、検査場の前に並んだ。

清司もそこに並んで着衣と荷物のすべてについて検査を受けたが、その最中に、官給品の中で自分の気に入っていた新品の青いシャツを、目の前でオランダ兵に抜き取られた。抜き取るときその若い兵が口元に微かな笑いを浮かべたのを、清司は見逃さなかった。何一つ違反はしていないのにと、一瞬、激しい怒りを感じかけたが、すぐに諦める他はなかった。今ここまで来て、抵抗したと見られて乗船できなくなるような事態になれば、死んでも死に切れぬというものだ。

他にも、是非とも国へ持って帰ろうとした新品の官給品以外にも、飯盒のようなものまで検査と称して抜き取られた者は多かった。皆、無抵抗でなされるがままに検査を終えたが、この先どこまでも敗戦の汚名は付いて回るように思われて、輸送船内に乗り込んだあともしばらくは沈んだ表情が消えなかった。

しかも彼らを迎えた船内の壁には、日本本土の爆撃状況を表した大きな地図が貼りだしてあり、そこには原子爆弾で焼き尽くされた広島と長崎の図も添えられていた。日本が無条件降伏せざるを得なかったことを、嫌でも思い知らされるようで、皆ますます惨めな気持ちに陥るばかりだった。故国へ帰るという前途への希望など、何の当てにもならなくなりそうだった。

ともかく、こうして昭和二十一年四月二十六日の夕刻、ハルマヘラ島から日本への帰還兵三百数十名が、輸送船への乗船を終えた。そして夜になるとともに、ペテ湾の桟橋を離れていったのである。


船が動き出すとき、夜の海に向かって銅鑼《どら》が鳴った。船はアメリカの輸送船でも、銅鑼の音は日本の船と変わりはない。久しぶりに聞く、大きな銅鑼のゆったりとした響きに包まれると、清司は感動して心が震えた。確かに戦争が終わり、俺たちは船に乗って日本に帰ることができるのだと思った。

検査を受けてからなだれ込むように船内に入り、右往左往しながら結局甲板下の船倉に詰め込まれることになったが、船が出発した後もしばらくの間ごった返しのような状態だった。幾つかに仕切られた船倉の部屋は、小さな裸電球が要所要所にあるだけで、ほとんど真っ暗だ。それでも各自何とか横になれるだけの場所を得たが、体を動かすたびにぶつかり合うのも互いに我慢し合う他はない。

日本に着くまでは船で一ヶ月ほどを要するという。その間ずっとこの狭くて暗い船倉で過ごすことを思うと気が重くなったが、不自由さや窮屈さに我慢するのは慣れっこになっているし、誰も文句は言わない。皆、ただ船の無事な進行を願うばかりなのだ。

藤田隊が小人数の部隊だったせいか、気が付けば清司の周囲は知らぬ顔ばかりだったが、戦場にいるときの目の据わったどす黒い顔とは違い、何となくおどおどとして無口なのは皆同じだ。清司はじきに、どっと疲れが出た感じでうとうとし出した。しかし今までの習慣で、船のエンジンや波しぶきの音は始終耳に付いて気になっていた。他の者たちも皆、しばらくの間は黙り込んだままだった。

不意に、何かの大きな物音がして船底にまで響いたような気がした。清司はハッとして顔を上げた。だが何事もないように船のエンジンの音だけが聞こえていた。

そうだ、もう魚雷攻撃の心配もなくなったのだと気づき、清司は思わず安堵の息を吐いた。周囲からもあちこちで溜息を吐くような音が聞こえてきた。

次第に安心感が広がり、空気が和み出したかのようだった。互いに顔を見合わせ、どこへ帰るとか、家族はいるか、仕事は何かなど、小声で話し始めた。船内に何となく明るい雰囲気が漂ってきたようで、そこここで低い笑い声も起こった。

一夜明けて、簡単な食事が配給されたあと、甲板に出て晴天の大海原を眺めると、気分は一変して皆解放感に浸ることができた。船倉の部屋に戻れば、だんだん陽気な声もあがるようになった。さらに数日経つうちには、皆の目につく場所に、収容所にいたときのダル劇場の人気者が呼び出され、船倉の狭くて窮屈な中でも、次々に得意な演目や歌を皆に披露するようなことも始まった。船が故国に向かって進んでいることの安堵感と喜びが、果てしなく笑い声や歓声を溢れさせていくようだった。

そうした中で、落語家を自称するある伍長が軍隊生活の様々な場面を題材に、滑稽さを強調した話にして演じ、拍手喝采となった。威張った上官の無理難題に兵隊の男が歯を食いしばって耐え抜いたあと、「ご教訓有難うございました」と言う。そういう類の小話が一つ終わるたびに満場がどっと笑いに沸きかえるようになった。初めのうちはそんな話を出していいのかと危ぶむ雰囲気もなくはなかったのだが、皆それぞれに、次第にその滑稽さに気づき、笑い飛ばす快感を味わうようになったらしい。落語などあまり興味を持たなかった清司も、これを機に落語贔屓《びいき》になりそうな気分だった。

海の天候は毎日のように変化したが、総じて穏やかな航海といえた。

船内では、あちこちで和やかな会話が交わされ、退屈しのぎの雑談も弾んでいた。それぞれの故郷に関係する思い出話が多かったが、そのうちに軍隊経験にまつわる興味深い、あるいは痛切な体験談も、あちこちで話に出てくるようになった。

それらの話し手は次々と変わっていった。話の上手下手よりも、経験した事実の真実味や意外性が強く興味を引いた。そのどれもが、軍隊ないしは戦争だからこそ起こりえたことであり、話を聞く者たちもつい最近までその渦中にあったのだ。

ある日、清司も加わった十数人の雑談の中で、ある男がこう言った。

「俺は百姓の育ちで、軍隊には相当憧れて入ったんだがな、聞くに相違して、今じゃ軍隊なんかこりごりだ、もう嫌だと思ったりする。華々しい戦なんて映画だけの話だものな」

それはそうだと皆うなずき、ついつい、初年兵いじめの暴力が何よりも恐ろしかったという話になった。ちょっとしたことで先輩兵の気に入らなければその場で殴られる。しかもだらしなく倒れたりすればそんなことで戦えるかと怒鳴られ、直立させられてさらに殴られる。無理難題を押しつけられて失態を見せればさらに殴られる――。
しかし誰でも初年兵時代の経験はあり、そんな惨めな思い出話しにいつまでも浸ってい
る気はしない。そこで、軍隊では何であんなに殴ったりするんだろう、と思わず疑念を漏
らす者もいた。だがそんな問題の答えは、戦地から出てきたばかりの船内でそう簡単に出
てはこないし、かえって気が重くなるから押し黙ってしまいがちになる。
「でも俺は、軍隊で初めてひどく殴られたことが元になって、なにくそと思って遮二無二
頑張ってきたような気もするなあ」
思わずそう言ったのは清司だった。彼は初年兵として泰安にいたとき藤田少尉にひどく
殴られたことを思い出して、その場に藤田がいないことを知った上でそう言った。
「確かにそういうこともあるな。なにくそという気になってくる、男だものな」
すぐにそう応じる者がいた。だが別の男はこうも言うのだった。
「今思い出しても、軍隊っていうところはひどいもんだと思うが、しかしどんなに殴られ
たことがあっても、不思議と殴った奴を恨む気は消えていくんだな。そう思わないか。殴
られれば痛いことは痛いが、痛くって恨むんじゃない、口惜しいんだ、何でこんなに俺が
殴られなきゃならないんだって、口惜しくて、その口惜しさで涙が出てくるんだよ」

すると、それまであまり口を利かなかったやや年長の古兵が言った。その古兵は清司も以前から記憶にある人で、人を殴るなどということは似合わないような無口な人だった。

「なるほど、そうかもしれないな。殴られて人を恨むんじゃない、結局軍隊だ、軍隊を恨むんだな。そう思うしかないような気がする」

それを聞くと何だか一つの答えが出たような気がしてうなずく者が多く、座の雰囲気が何となく落ち着いた。

「本当だな。殴られたときは恨むが、それは不思議と消えていくなあ。しょっちゅう殴られるからそうなるのかと思ったが」

「殴られることに堪えるだけでも、相当鍛えられるんだ。俺はそう思ったよ。頭は何も考えなくても、殴られ通しに殴られて言われたとおりやるだけで俺は精一杯だった。これでよく生き残ったと思うよ」

そんなふうに皆口々に自分の経験を言い出したが、殴った側からの話はとうとう出てこなかった。

兵長だった三年兵の男は、自分が殴った話は棚上げにしてこう言うのだった。

「俺の経験でも、初年兵のうちは毎日大変だったさ。懸命に堪えて頑張るだけでやたらと腹が減る。これだけは確かに俺自身の問題だ。だから初年兵のとき、俺はいつも飯を食えるだけ食った。いくら食っても初年兵は腹が減るんだ」

これには同感する者が多く、笑い声も起こった。それから食料調達の話になり、どこで何を手に入れて食ったという話が幾つも出て、その度に笑い声が上がる始末だった。

軍隊生活の思い出話は尽きなかったが、それは自分たちの惨めさを忘れようとして、無理にでも皆で笑い話に仕立てようとするようにも見えた。

清司はどちらかというと終始聞き役の方だったが、そうしているうちに、もう軍隊に戻ることなんかないのだという確信に満たされてくるのを感じた。

彼自身も今思えば、藤田少尉始め何人かの上官や古兵の理不尽な暴力的振る舞いも、軍隊だからこそあり得たのだと理解することはできた。人間が鉄砲玉になって敵を殺しにいくのが軍隊なのだから、人間らしい意識なんて邪魔なものでしかないのだろうと思った。

清司の心に残った話は他にも幾つかあった。

輜重《しちょう》部隊にいて軍馬の世話に明け暮れしたという三年兵の男は、広大な中国戦線を馬とともに転戦する苦労話を幾つも話し、疲れ果てたとき馬の顔を抱き寄せたことが何度もあるが、そのときの馬の優しい目が忘れられないと言うのだった。どこか東北の農家で可愛がられていたに違いない馬だったが、渡河の最中に敵の銃弾に当たって立てなくなったその馬を、そのまま川の中に置いてくるより仕方がなかったのは、今思い出しても泣けてくると話すのだった。

日本の軍隊では、馬は運搬等で重要な役割を持ったが、それらの馬の中には農家から集められた馬も数多くいたのだ。確かに馬は燃料を必要とせず餌さえあれば働くし、人間との結びつきもあった。しかし馬が活躍する軍隊のイメージは、清司が考えてみても、何となく前時代的なイメージという他はない。オランダ軍を見ても要所要所でいつも多くのトラックやジープが音を立てて動き回っていたし、馬など滅多に見なかった。

やはり中国戦線に何年もいたという陸軍准尉の男は、最後に遭遇した一人の中国青年のことが忘れられないと語った。

日中戦争が長引いて日本が苦戦し始めたころ、その准尉は上海まで行軍していく途中でひどく発熱して動けなくなり、彼一人軍隊から離れてあとから上海に向かうということになって、一人で野垂れ死にするしかないのだと覚悟もした。彼は死に切れぬ思いで山野を歩き回り、農家らしい空き家に忍び込んだが、そこで同じく忍び込んできた若い男と遭遇した。男は手に生きた鶏を掴んでいた。准尉は片言の中国語を駆使して男と会話し、男が中国軍からの脱走兵であり、鶏はこの近くで盗んだものであることがわかった。准尉は、その自分よりも背の高い青年が敵軍の男であることを意識し、緊張した。

だがその青年は、目の前の弱り果てた日本兵を殺すことはせず、むしろ哀れむ態度を見せた。そして空き家の台所で鶏のスープを作り、准尉にも振る舞ったのだった。そうしているうちに准尉は、この青年の心の優しさがひしひしと伝わるような気がした。

腹を満たしてさらに一晩ゆっくり休み、准尉の体調はかなり快復した。日が昇り始めるころ、准尉はその空き家を出て青年と別れた。上海の方向に向かって一人で歩きながら、准尉の頭から青年の顔がいつまでも消えずにいた。あの青年がいかに心優しく、いかに人間同士の信頼を求めているかを、思い続けていた。戦争なんてなぜしなければならないのかとさえ、准尉は考え始めていた。

「あの青年は世間の掟《おきて》に追われて必死に逃げ続け、また同時に何かを求めて懸命に戦っていると思いました。わたしがあの青年に助けられたから言うわけではありません。戦争が終わった今だからこそ言えることです。上海に着いて軍に復帰して以後のわたしは、ただ心であの青年の無事を祈りつつ、戦争の終わることを願い続けました」

陸軍准尉であった男はそう言ってじっと目をつぶった。それは中国青年への思いに浸っているようでもあり、また、周囲の日本軍人であった者たちのどんな反発も受ける覚悟を示すようでもあった。しかし聞いていた者は皆押し黙ったままで、中には小さくうなずいている者さえもいたのだ。戦争が嫌だという思いは誰の心の奥にもあるに違いないことを、清司は思った。

また別の日に、清司はこんな話も聞いたのだった。それは清司にとっては予想外の、戦争の裏面を伝えるものであった。

話した男は陸軍の兵長だった木村という四十過ぎの男で、召集されたのは昭和十三年の十二月だという。そして歩兵として中国戦線に行かされたのだが、

「儂《わし》は、歩兵でも裏方で、戦争には出ていかんかった。いつもピーさんを連れて歩いていたんじゃ。恐ろしいこともいろいろあったが、あのころはあのころで面白かったぜ」

と言い、その顔は何事か悪辣なことでもやり果《おお》せたあとのように鈍く輝いていた。

要するにこの木村という男は、中国戦線において、日本軍に付き従う「ピーさん」即ち慰安婦を連れて歩く存在であったらしい。なぜそんな役回りになったか聞かれても、首を振るばかりで説明はしない。ぽつりぽつりと彼の語ったのは次のようなことだった。

木村が中国戦線を連れて歩いたピーさんたちは、六人ぐらいから多いときで十二、三人

だった。日本娘もいたが一番多かったのは朝鮮娘だ。皆軍の認定した鑑札を持っていて週に一度の健康診断も受ける。慰安所は、臨戦態勢から休戦態勢に移ったときに地元の空き家を使い、番兵も置いて開設する。普通は将校が三円、下士官が二円、兵卒が一円となっていて部屋も区別した。激戦が予想される前夜は金を取らず、ピーさんが足りなければ軍が現地で雇った。とにかく女たちは、次から次へと何人もの男を相手にするんだからすごかった。管理役の木村は一応コンドームなども用意しておいたが、そんなものは使わなくても構わなかった。

軍からピーさんに渡されるものは帳簿に記載されなかったが、食糧その他かなり豊かなものが与えられた。ずっと日本軍に付いてきて金を貯めた女の中には、料理屋のような店を持つ者もいたし、若い将校と結婚する者もいた。それ以外にも、戦争の最中だから悲惨なこともいろいろあった。スパイを疑われて取り調べられたりして、ひどい目にあった女もいた。また、日本軍への協力者募集ということで仕事は事務員のつもりで応募してきたのに、実際は慰安婦だったので、とうとう自殺した若い女がいたのも事実だ。

そのうちに日本軍の旗色が悪くなると、次第に現地人の女も寄りつかなくなってきた。

「ちょうどモロタイ島が敵に取られたころだろうよ。儂もとうとう歩兵として南方に行かされることになっちまった。ハルマヘラなんて全く知らねえ島だった。それにしても、こんなふうに負けるんだったらもっと早いうちに、儂の気に入った女と一緒になって、大陸の山の中に逃げることもできたろうにと、思わなくもないがね……」

木村はそう言って話を止めた。

何か胸に支えていた嫌なものを、いっぺんに吐きだしてしまおうとするような話しぶりだった。にやけたような笑いさえ浮かべ、「面白かった」と自分で言いながらも、木村は話し終わると、あとは何を問われてもうつらうつらし始めるだけだった。

一ヶ月余の船旅は、いくら帰国の喜びがあるといっても、飽きるほどの長さだった。いやむしろ、早く無事に帰り着きたいという思いが焦りとなって、ますます無為な時間の長さを感じさせるのだろう。

退屈紛れに甲板に出て見ても、船はいつも太陽の光に反射する銀盤のような海面を、ただひたすら走り続けているばかりだ。それは、軍隊にいて敵の攻撃を意識しながら見る海とはまるで違う、悠々とした大きな海だった。

昭和二十一年の六月に入り、清司たちの乗る輸送船は、ようやく前方にはっきりと九州南部の島々を見る位置に達した。その翌日には早くも四国沖に至った。その度に皆甲板に出てものも言わず、一心に故国の陸の影に目を凝らした。

だが室戸岬の沖は荒れ始めていた。

船内の放送で、台風の影響によることが告げられた。一万二千トンの船が激しく揺れて、船内の電灯は全部消えてしまった。しきりと鳴る船の汽笛が、尚更不気味に大きく響き渡った。船が座礁したり、あるいは何かに衝突して転覆する危険も想像された。

「おい、大丈夫だろうか……」

皆船底に集まって夜を明かしつつ、色を失った顔でささやきを交わした。ここで命運が尽きるのではやりきれない。皆の思いは同じだった。

六月四日の朝に本土到着という予定が六時間遅れ、昼過ぎのころ、船は和歌山県の田辺港に入った。林業の盛んな土地の良港で、大きな栈橋もある。しかし清司たちの船は接岸しないまま、しばらく停泊することになった。

船の甲板から眺めたところでは、田辺の港町には戦災の傷跡も見えぬようで、何かしら希望を持ってもよさそうな静かな佇《たたず》まいに見えた。

翌日になると、桟橋には近くに住む人々が入れ替わり立ち替わり船を見ようと集まってきたが、天気が悪いせいか、人々の姿が甲板からははっきりとは見えなかった。

いよいよ上陸の許可が出て、船が桟橋に横付けされたのは六日の朝であった。前日まで群がってきていた人々は桟橋から遠ざけられ、そこには船から降りてくる者たちのための通り道が設けられていたが、その辺りを取り囲んで立っているのは外人の兵士であった。復員する兵たちにとっての第一の関門は、占領軍であるアメリカ兵たちの間を通り抜けることであったのだ。不穏な空気が漂おうとするのを、双方共に極力意識しないようにする必要があった。

その外人兵士たちの中に、日本人と思われる医師一人と看護婦一人が並んで立っていて、その白い立ち姿はひときわ目を引いた。

やがて、雑嚢を肩に掛け水筒などを手に提げた薄汚れた姿の男たちは、船を降りると一列になって歩き、その医師と看護婦の前を通った。すると二人はそれぞれに目を上げてそれらの復員兵を迎え、そっと黙礼をした。

二人とも決してにこやかにという顔ではなかったが、戦い疲れて復員する男たちにとって、その姿はまず第一に何らかの安堵感を与えるものであったが、同時にそれは久しぶりに目にする内地の日本人の姿であり、日本女性のきれいな眼差しであった。吸い寄せられるようにそれを見つめた彼らの中に、思わず感動の声を漏らす者がいても無理からぬことであったろう。

彼らの行く先には机が幾つか並んでいて、その前を通るときに、立ち上がった外人兵が彼らに頭から白い粉をふんだんに振りかけた。頭髪を消毒するのだ。復員兵はただ頭を下げて息を詰め、それを受ける他はない。

清司はこのとき、初めてアメリカ人の兵士を間近に見た。それは意外なほどに人懐こく善良そうに見えた。だがそのやることといえば、人を人とも思わぬ態度でやたらと白い粉を振りかけ、殴るような手つきで復員兵の肩を押して先へ進めるだけだ。

しかも奴らは決して俺たちと目を合わせようとはしない、と清司は気が付いた。

それから復員兵は港の建物の中で風呂に入れられ、湯に浸かる程度で出されて廊下を裸で歩いていくと、またアメリカ兵が立っていて、肩に「消毒済み」というスタンプを叩きつけるように押された。それから各自シャツなど着たあとで、腕に何かの注射を打たれ、最後に引き揚げ証明書をもらうというわけだった。

こうして復員兵たちは、その日の夜から全員が港近くの宿舎に入れられた。それは何らかの理由で復員兵を待機させるために設けられた古い建物で、銃を持ったアメリカ兵が要所要所に立って見張りをしていた。何かあればすぐに銃を向けてきそうな雰囲気だった。

その宿舎で彼らはようやく落ち着いた気分にもなりかけたが、これからどうなるのかという新たな不安もあった。待機が何日間なのかもわからず、格別な指示も出ないままだったから尚更だった。

「こんなことをしていて無事に帰れるのだろうか」

「どこかの山へ連れていかれて石炭でも掘らされるのではないか」

表面は冗談交じりに、そんなことが囁き交わされたりもした。

清司も、宿舎に閉じこめられている間に、次第に不安が募ってくるのを感じた。もし何かあって帰れなくなったらどうしよう、万に一つの事故だってあるかもしれない、などと気にかかることばかりが頭に浮かんだ。

六月の二十六日の朝になって、ようやく県の役所の人たちがやって来た。復員兵を集めて短めにねぎらいの言葉を掛けてから、県単位に分かれて列車に乗るための指図をした。日本の役人の声を聞き、皆の顔がようやく輝いてきた。

千葉県に帰る人が一番先になり、翌二十七日の昼に宿舎を出ていった。東京に帰る者は同じ日の夕方の列車に乗れることになった。

輸送船の中では随分賑やかな交流もあったのだが、いよいよそれぞれのゆかりの地に帰っていくことになると、皆意外なほどあっさりと別れていく。誰しも頭の中は、どんな戦災にあったのかわからぬままの故郷や家族のことで一杯なのだ。

東京に帰る者は、清司を含めて三十人ほどいたが、清司の顔なじみはいなかった。列車の出る田辺駅までは、宿舎から歩いて二十分ほどだった。二列縦隊になって歩いていくと、所々道の端に町の人たちが立ち並んでいて復員兵を迎え、

「ご苦労様でした」

と口々に言っては頭を下げ、あるいは手を振っていた。

そういう人々の姿を目にしたとき、清司は初めて、日本の地に帰ってきたのだという実感を得たような気がした。

それらの人々から外れたところに、見張りに立っているアメリカ兵を見かけた。彼らは鋭い目をこちらに向け、いつでも撃つ構えに入る気でいるかのようだった。清司は思わず目を見張り、体が固くなる自分を感じた。だがすぐに、もう彼らを一々気にするのはやめようと思った。

俺はもう銃を捨てたのだ、兵隊ではなくなったのだ――。

改めてそう思うと、初めは惨めな気分にもなりかけたが、そのうちにだんだんと、何だか晴れ晴れとした気持ちになってくるのが不思議なほどだった。

田辺駅で久しぶりの汽車に乗ると、清司は窓側に席を占めて座った。これから十数時間の汽車の旅であることが頭に浮かんだが、もう何の心配もする気はなかった。東京に着いたらまず両親の安否を尋ねなければならない。そのことだけがひどく気がかりだったが、その先のことはそれからしっかり考えようと思った。ただうれしさばかりが痛いほどに込み上げてくるのを、彼は抑えるだけで精一杯だった。

汽車は緑に包まれた町を走り、川を渡り、幾重にも重なった田圃や畑の間を通り抜けて、やがて低い山の連なる中へ向かってさらに走り続けた。

それらは間違いなく、住み慣れた、懐かしい故国の景色であり、空であった。

清司の目に不意に涙が溢れ、止めどなく頬を流れ続けた。それは熱くてとても心地よい涙であった。


（了）

あとがき

ここに掲げた二編「最期の海」と「銃を捨てる」は、実際に日本陸軍の兵士として南方に行き敗戦後に帰還した若者が残した記録を材料にして、私が私なりの構想によって小説として書いたものである。このことをここに記しておきたいと思うのは、それ相当の理由がある。

私の幼いころのおぼろげな記憶の中に、その若者の眼鏡を掛けた優しげな顔とやや太めの声の印象が残っている。どういう名であったか判然としないのだが、彼は私たち家族の住む八畳一間のバラックに毎日のように夕方ごろやって来ては、裸電球の下でちゃぶ台を挟んで私の父と向かい合い、父の求めに応じて一生懸命に話し込んでいた。小学校に上がったばかりの私は寝ることもできぬまま、話に熱中する二人の様子にただならぬ雰囲気を感じて、じっと押し黙って若者の帰るときまで待っていた。

この若者は、戦時中に青年学校の教師をしていた私の父の教え子であり、十九歳で応召し、敗戦後復員したが、父を慕って、焼けトタンで囲われたバラックを尋ねてきたのであった。

それから四十年ほどして私の父の死後、遺品の中に「太平洋戦争」と題された大量の原稿が見つかった。私は、その原稿の存在を薄々知ってはいたが、長い年数が経つうちに、父が出版を果たせぬまま何らかの処分をしたものと思っていたので、初めて原稿そのものを目にして驚いた。それは四百字詰めの原稿用紙に記され、八冊に分け表題をつけて和綴じにされていた。原稿枚数七百枚余に及ぶ大部のものであるが、どういう訳か筆者名が記されていない。しかし私の父が書いたものに違いはなかった。

父はこの原稿を持って出版社に交渉に行ったのだろうか。その間に何箇所もの修正や加筆がなされたようで、それらがそのまま残っている。八十四歳まで生きた父がかなり年数を経てから修正したと思われる万年筆の跡も、私にはわかるのであった。

読んでみると、それは教え子の戦争体験談の口述筆記を基にしながら、父自身の調査研究も加えて太平洋戦争の記録として残そうとしたものであった。私は二重に驚いたが、その内容に関しては、不統一な箇所が散見する未完成な印象で、父の原稿をそのまま出版することには無理があった。私の手に負えないと考える他はなく、出版は諦めざるをえなかった。

だが私としても、その原稿が私の手に残されたということに父の遺志を感じたし、この若者の残した記録を無にしてはならないだろうという気持ちを強く持った。

それから何年かの間どうしたものかと思い出しては悩んだあげく、私はようやく、私自身の関心に基づいて考え直してみた。私の知らない戦争をその内側から、若い一兵士の目と心で捉えた実体験の記録である部分に改めて注目し、私なりの想像と工夫を加え、新たな作品として書いてみたい。そういう形で父の遺稿に込められた願いに応えることは、できるのではないかとも考えた。

戦後七十余年の年月を過ぎた今、太平洋戦争を描いた作品を書く意味があるかと考えたりもしたが、私としてはこの作品に精一杯力を尽くす以外にない気がした。

前世紀半ばの日中戦争乃至は太平洋戦争、その結果としての日本の敗戦という大きな歴史の記憶は、我々日本人の重要な財産であり、それについてはすでに様々な研究や記録が世に出ている。そして歴史や政治の問題として、今もってあの長い戦争の残した問題が、我が国の前途に関わろうとしていることを思わずにはいられない。この気持ちが私の中に一貫してあったのは確かなことである。
私には今でも、毎夜熱心に父のもとに通って自分の軍隊経験を語り尽くそうとした、あの若者の姿や横顔がありありと目に浮かぶ。そして教え子の思いに応えきれなかったのであろう、私の父の無念をも思わずにはいられない。
作者の私としては、この作品を通して、あの戦争の時代を懸命に生き抜いた一人の若者の姿とその思いが、読者に少しでも多く伝えられますようにと念じるのみである。

さて、何とかしてこの作品を出版したいと考えていた矢先に、郁朋社の佐藤聡氏から、「歴史浪漫文学賞」授賞のお知らせを頂いた。全く望外の喜びである。折しも世は新型コロナウイルスの感染拡大との戦いの中にあって、私自身も疲れて意気消沈しそうな日々の連続であったが、その間の一年有余を含め、なんとか頑張って必死の思いで書き続けてきたことが、この受賞によって報われた思いである。皆様に感謝するとともに、この本がより多くの方々の手に取られるよう願ってやまない。

令和三年三月二十八日　　佐山啓郎

【著者紹介】

佐山　啓郎（さやま　けいろう）

1939 年（昭和 14 年）東京生まれ。1963 年法政大学文学部日本文学科卒業。
2000 年 3 月東京都立高等学校教員を定年退職。以後創作活動に入る。

最期《さいご》の海《うみ》

2021 年 7 月 15 日　第 1 刷発行

著　者 ― 佐山《さやま》　啓郎《けいろう》

発行者 ― 佐藤　聡

発行所 ― 株式会社 郁朋社《いくほうしや》

〒 101-0061　東京都千代田区神田三崎町 2-20-4
電　話　03（3234）8923（代表）
ＦＡＸ　03（3234）3948
振　替　00160-5-100328

印刷・製本 ― 日本ハイコム株式会社

装　丁 ― 宮田　麻希

落丁、乱丁本はお取り替え致します。

郁朋社ホームページアドレス　http://www.ikuhousha.com
この本に関するご意見・ご感想をメールでお寄せいただく際は、
comment@ikuhousha.com　までお願い致します。

ISBN978-4-87302-734-0 C0093